JN196788

1970年頃の今治港

港町純情シネマ

吉村信男

港町純情シネマ

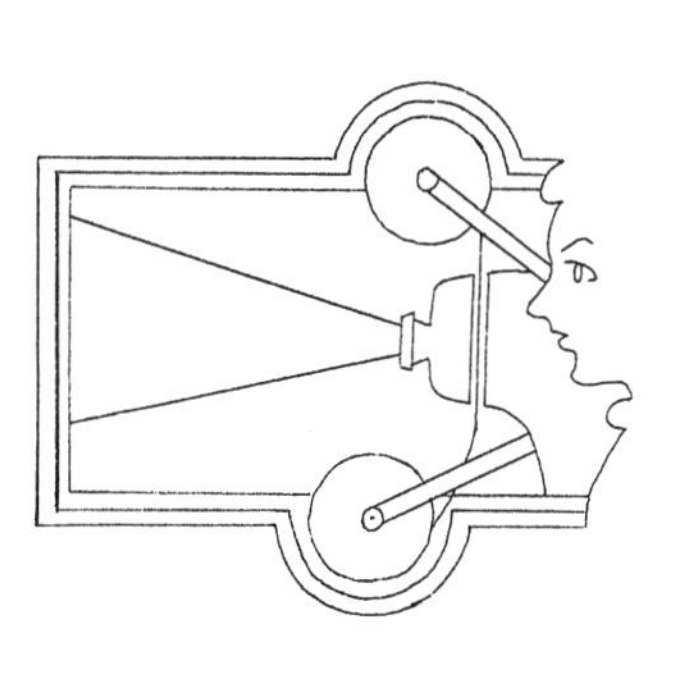

吉村信男

表紙絵
別府裕佳子
（1951-2009）
「静時間」油彩 F30

もくじ

電話交換室

そのバス停で降りたのは、ヒロ子一人であった。

広告だらけのバスの背を見送ってから、砂埃の舞い上がる県道を横切ると、道は二手に分かれていた。右は山の斜面を切り開いて造成された新興住宅地へ通じる広い道路で、左は農家が点在する昔ながらの田園地帯への細い道であった。

ヒロ子は日傘を広げると、左の道に向かって歩き出した。夏の午後の強い日差しを反射して道は白く浮き上がり、時おり陽炎がゆらめいた。成長した緑の稲が一面に広がり、山の裾野まで続いていた。人影はまったく見えなかった。

ここはT市のいちばん南のはずれである。戦後まもなくT市に編入されたが、それまでは半農半漁の小さな村落であった。戸数はわずかだが、それでも昔ながらの旧い農家はほとんど姿を消し、新しい現代風の家が増えている。

袴田源一郎の家をヒロ子はさして苦労なく見つけることができた。昨日、学校の図書館で住宅地図を開いて場所を確認していた。白い洋風の家で、しゃれたアーチ型のカーポートがあった。

そのカーポートに車はなかった。辺りは静まり返り、遠くからＪＲの特急列車の通過音がかすかに聞こえるだけであった。一瞬留守ではないかと疑ったが、いや、そんなはずはあるまいと思い直した。電話で訪問を約束したのは、二日前である。九十一歳の高齢とはいえ、源一郎の受け応えはしっかりしていた。よもや今日の日を忘れるはずはあるまい。

ヒロ子は表札を確認して、チャイムを押した。ほどなくガチャリというロックを外す音がして、ゆっくりとドアが開いた。無言で出迎えたのは白髪の老人だった。年齢の割には背筋は伸びて首から下は青年のような身体つきであった。ヒロ子は名を名乗り、頭を下げた。老人は理解したように応接間へ招き入れた。

ヒロ子が名刺を差し出すと、その小さな紙片をじっと凝視し、ようやく口を開いた。

「高村ヒロ子さん…小学校の先生ですか」

「いえ、今は非常勤の指導係です」

そう返事して、ヒロ子はおもむろに腰を下ろした。

「息子夫婦が出掛けておりまして、何もおかまいできませんが…」

源一郎はそう言うとゆっくりと向かい側に座った。家族が誰もいなくて、むしろ好都合だとヒロ子は思った。部屋は冷房がよく効いており、かすかにファンの回転音が聞こえた。

ヒロ子が袴田の名を知ったのは、二ヵ月ほど前である。M市の繁華街にある古書店で偶然手にした『語り継ぐ戦争・四国編』という本の目次に、彼の名があった。

この本は、戦後五十年という節目を記念して発行された庶民の戦争体験記集で、シリーズ七冊のうちの一冊であった。発行元は聞き馴れない小さな出版社で、ヒロ子はこの本の存在を知らなかった。おそらく書籍広告などほとんど出さなかったに違いない。著者がいずれも無名だけに地味といえば地味な企画であった。

目次を開いて『電話交換室の悲劇』というタイトルを目にしたとき、ヒロ子は身体が硬直するのを覚えた。筆者は「T市・袴田源一郎」とあった。

T市はヒロ子の生まれ故郷である。四国の瀬戸内海沿いの港町で、人口は十万人を少し超えている。大学へ進学するために県都のM市へ移住し、そのまま結婚して、もう三十年以上になるが、墓参りなどで年に数回はT市を訪れる。年の離れたただ一人の姉は空襲で亡くなり、父も戦後間もなく病死した。一人元気だった母も肺ガンに侵され、昭和の最後の年に他界した。M市からT市までは七十キロ余りで、車なら二時間ほどであるが、ヒロ子にとって年ごとにこの街が遠くなっていくように思われた。

電話交換室の「悲劇」は、地元の住人でさえ知らないのか、あるいは忘れ去られている。いや、その実態は、ごく一部の人を除いて誰も知らないといった方が正確であろう。今では郷土の空襲体験を掘り起こそうという運動などは皆無である。T市は四国の都市の中で、もっとも空襲による犠牲者が多かったにもかかわらず、市民たちは過去など見向きもせず、ひたすら平穏な日々を楽しんでいる。

悲劇は、昭和二十年四月二十×日の午前九時過ぎに起こった。

T市の中心部、メインストリート沿いに建つ郵便局の二階に、電話交換室があった。女子交換手は、市内と市外の担当に分かれ、常時十八人と監督一人が業務に当っていた。交換手はいずれも十六歳から二十歳までの独身女性であった。当時は軍の機密連絡や、空襲警報の発令なども電話を通じて行われるので、その任務は特別であった。女子職員は若かったが、業務の重要性をしっかり認識していた。彼女たちは「死んでもブレスト（送受話器）を離すな」と命令され、それなりの使命感を持って働いていたのである。

その交換室の屋上にB29から投下された二百五十キロ爆弾が命中し、女子交換手九人が死亡した。八人はほぼ即死、重症の一人が病院へ運ばれたが、その日の午後七時頃息を引き取った。ほとんどの犠牲者は誰なのか判別できないほど身体の痛みがひどく、モンペの柄や手足の指の特徴などから特定されたという。悲報を聞き、振袖の着物を持って郵便局に駆けつけた両親も、まともに我が娘と対面できなかった。一発の爆弾が一瞬にして九人の青春を奪い去ったのである。

ヒロ子は本を買い求めると、すぐにそのまま向かい側の喫茶店に飛び込みページを開いた。

袴田源一郎は、当時交換室内にいた監督であった。当事者であるだけに手記の文章は生々しく、ヒロ子がこれまで調べたどんな資料よりもリアリティに満ちていた。

たとえば、爆弾が落ちた直後の描写は次のようになっている。

「耳をつんざく大音響とともに室内は白硝煙で一寸先も見えなくなりました。私は咄嗟に机の下に潜り難を逃れたものの、ほとんどの女子職員は交換業務の最中であり、無事かどうか気掛かりでした。それから何秒か、いや何分後かも知れませんが、ふと見上げると天井に大きな穴があいておりました。曲がりくねった鉄筋が何本もむき出しになっており、電話回線のコードが無数に垂れ下がり、穴の下ではコンクリートの瓦礫がうず高く山積みになっていました。あちこちで助けを求めるうめき声が入り乱れ、もう地獄のような惨状でした。私は机の下から抜け出し、匍匐(ほふく)前進の格好でコンクリートの大きな塊を両手でよけながら入り口の扉を目指しました。扉の外では男子職員の声がしましたので、必死に「ここを開けてくれ」と叫びました。しかし防音用の厚い扉は変形したのかなかなか動きません。やがて何人か応援が来て、ようやく開きました。すると私と同時に一人の交換手も飛び出しました。彼女は顔も髪も真っ白で、誰なのかも判別できませんでした——」

ヒロ子は、ここで本を閉じた。そしてひと呼吸してからコーヒーに口をつけた。乾いた咽にブラックの苦味が心地よかった。

　続いて手記は負傷者の救出と病院への移送、そして遺体の掘り出しなどを綴っている。

「コンクリートの破片の山を手作業で少しずつ崩していくと、次から次へと遺体が出てきました。職員が力を合わせ必死で救出作業に当たりましたが、出てくるのは変わり果てた姿ばかりでした。八人全員を見つけるまでに三時間余りかかりました。遺体は隣の訓練室に運び、宿直室からシーツを持ってこさせて上に被せました。誰もが制服の胸には氏名と血液型を明記した布を縫いつけていましたが、それさえボロボロになって判読できないほど酷い状況でした。みんなの協力を得て、全員の氏名を確認できたのは午後六時頃でした――」

　ヒロ子は本を閉じると、残りの冷めたコーヒーを飲み干した。鉄のような塊が、胸を塞いだ。重い宿題をかかえ込んで途方に暮れている小学生のように、ヒロ子はしばらく店内でぼんやりと過ごした。


　袴田の手記を読んで、ひと月が過ぎた。学校では夏休みを控え、気分的にも慌ただしい日々が続いたが、ヒロ子の胸に芽生えた小さな疑問は消えることなく、むしろ次第に大きくふくらんでいった。

　休みに入ったら袴田に会ってみようか、と考えはじめた。しかし、手記を発表したのは八年前、この時の記載年齢は八十三であった。すると今年は九十一歳になっている。まだお元気なのだろうか。仮に健在であっても、会話が可能な状態なのかどうか分からない。

ヒロ子は電話帳を繰ってみた。職員室には県下の電話帳が全て揃っている。その気になればすぐに探すことができるのに、あえてこれまでそれをしなかった。まるで自分の過去を振り返って汚点を見つけるのを避けるかのように。

袴田源一郎の名はすぐに見つかった。生きていた、とヒロ子は思った。住所はT市の東のはずれである。小学生の頃、この辺りに友達が一人いて、時どき自転車で遊びに行ったことがある。確か県道が走っていて、北側は海が近く、小さな漁港があった。そして南側は一面の田圃だった。ヒロ子は急に懐かしさを覚えた。オンボロバス以外ほとんど車も走っていなかった昭和二十年代の風景が脳裏によみがえった。

会ってみようと決心したのは、お盆に両親と姉の墓参りを済ませた、その日の夕刻だった。T駅のプラットホームから眺めた夕焼けが、いつになく鮮やかで、うっとりするほどの美しさだった。姉のキヌ子、父、そして母の三人の姿が、燃える雲の向こうに見えるような気がした。姉は写真でしか記憶がない。父の死顔もそれなりに安らかであった。気掛りは母である。母が亡くなるまでの一週間ほど、ヒロ子にとっても辛い日々であった。今でも時おり思い出す。もう全て終ったことだからと、自分に言いきかせながらも、どこか心の隅でわだかまりが残っている。袴田の手記は、ようやく安らかに眠りかけていた子供を起こしてしまうことになった。

「で、ご用件は？」

袴田は言った。ヒロ子は何から話そうかと迷った。いきなりあの件を持ち出すのは少し気が引けた。まずバッグから『語り継ぐ戦争・四国編』の本を取り出しテーブルの上に置いた。訪問の目的が、この手記に関することだけは電話で伝えてあり、袴田も分かっているはずである。それでも、この本を目の前に出さないことには、気持ちがついていけないと思った。

「手記を拝読しまして、たいへん感動しました。それで、この内容に関し、二、三お伺いしたいことがあります。袴田さんの手記は、単なる個人の記録を超えて、郷土の歴史といいますか、特に戦争による庶民の被害を考える場合、貴重な証言と言ってよいと思います。ああ、申し遅れましたが、私もT市の生まれです。昭和十九年ですので、もちろん戦争の記憶はありませんが…」

「そうですか、あなたもここの方ですか」

少し間伸びしたように、袴田は応えた。

「まずお聞きしたいのは、爆弾が落ちた時、空襲警報は出ていなかったのでしょうか」

「あの日の朝は…」

袴田は、少し思い出すような表情に変わった。

「早朝から警報が出ていました。それが解除になったのは八時半頃、つまり空襲が始まる直前でした。ちぐはぐな感じになってしまいましたが、それには理由があったのです」

「どのような？」

「あの日は、T市は空襲の予定に入っていなかったようです。最初の目標は九州の特攻基地だったようですが、雲が厚くて爆撃ができず、仕方なくB29は瀬戸内海上空を通って関西方面に向かいました。ところがT市の上空では少し雲の切れ目があり、B29はUターンして空襲を始めたのです。これを裏付ける漁師の証言も残っています。頭の上を東へ向かって通り過ぎたB29の編隊が、急に引き返してきたと言っております。それにT市にはいくつかの軍需工場があったのに、あの日は全く被害を受けていないのです。やられたのは学校や郵便局など、上から見て目立つ大きな建物ばかりです。つまり米軍は、まだT市を下調べする前に空襲をしたということになります」

袴田の弁舌は、打って変わって流暢になった。ヒロ子もこの日の空襲についての米軍資料を図書館で調べたことがある。四月二十×日、テニアンの北滑走路から出撃したB29は三十八機で、このうちT市を襲撃したのは七機であった。この頃、すでに米軍の沖縄上陸は始まっていたが、毎日のように現れる神風特攻機に業を煮やし、特攻基地が集中している九州を主として爆撃するよう指示があったといわれている。これらの作戦はたいてい早朝に実施された。B29はまず豊後(ぶんご)

水道に集結したが、その時点で周辺の都市には空襲警報が発令される。T市の警報が解除されたのは、B29全機が九州上空へ入ってからであろう。

そのうち数機が無駄な盲爆を打ち切り。突然東へ針路を変更したのである。

「空襲警報が出た場合、交換手の仕事はどうなるのですか？」

ヒロ子は尋ねた。

「そのまま続けます」

袴田は答えた。

「―ただ違うのは、ブレストの上から防空頭巾をつけます。普段は横に置いていますが」

「その違いだけなのですか」

「はい。通信業務は重要で、片時の空白も許されていません。これは軍の命令でした」

思わず溜息が出そうになった。布と綿だけの頭巾がいったい何の役に立つというのだろう。せいぜい火の粉から頭を守るくらいのものだろう。いや頭巾そのものが燃え出さないとも限らない。

やはり、話の核心に早く触れなければならない。ここへ今日来た目的は、ひとつだけなのだから、とヒロ子は思った。それで目の前の手記を開いた。

「少し立ち入った質問になりますが、袴田さんの文章の中に、『私は咄嗟に机の下に潜り―』とありますか。これは頭上に爆弾が落ちてくる音を聞いての行動と言えるのでしょうか」

「そうです。たいへん恥ずかしい行動ですが、本能的なものですから…」

「交換手たちには聞こえなかったのでしょうか」

「おそらく、聞こえなかったと思います。交換室は防音装置がついていましたし、彼女たちはみんなブレストを付けていましたから。それにT市はあの日が初空襲だったのです。彼女たちは爆弾が落ちてくる音そのものを知りませんし、瞬時に判別することはできなかったと思います」

「袴田さんは、その音をご存知だったのですね」

「もちろんです。私は二十五歳で中国戦線へ出征し、通信業務に当たっていました。そこで敵の砲弾により負傷し、内地送還になりました。その後故郷に戻り電話の仕事をするようになりましたが、右脚はまだ不自由です。おそらくその体験から、爆弾が空気と摩擦する音に特に敏感になっていたのだろうと思います」

「そうですか。よく分かりました」

ヒロ子が沈黙すると、袴田は俄に鋭い視線を向けてきた。

「あんたは、いったい何しにウチへ来たのですか。私の書いた文章に嘘いつわりがあるとでも言いたいのですか」

膝の上に置いた袴田の右手が、少し震えているように見えた。

「いいえ、そうではありません。ただ…」

「ただ何です！」

「この事件に関して私の気持ちの中で疑問点があり、それをはっきりさせたかったのです」

「どういう意味なのか、分かりません。もっと具体的に言ったらどうですか」

「それでは言いましょう。私は以前、この事件について調べたことがありますが、その時に電話交換室の見取図を手に入れました。もちろんコピーですが、それによると東側の壁が市内交換で、西側の壁が市外交換になっていて、真ん中に監督席と番号簿置台、それに検査台がありました」

「それで？」

「爆弾が落ちたのは、番号簿置台の真上だったと記録に残っています。監督席の机は、そこからわずか一・五メートル位しか離れていません。もし袴田さんがいたとしたら、たとえ机の下でも無事であったとは考えられないのです」

「……」

「それとも、袴田さんが咄嗟に身を隠したのは別の机だったのでしょうか？」

「……」

袴田は何も答えなかった。右手の震えが、以前より激しくなった。

「私の疑問は、あの時あなたが交換室の中にいたのかどうか、という点です」

ヒロ子は大きく息をした。言うべきことをついに言ってしまった、と思った。

「…お、お帰りください。これ以上、あんたと話したくありません。私には話す義務もありません」

「そうでしょうか」

「何ですと？」

「本当に義務はないのでしょうか」

「当り前だ。学校の先生か指導係か知らんが、他人のあんたに話す必要はない！」

袴田は語気を荒げた。ヒロ子はゆっくり立ち上がった。

「袴田さん。私の顔に見覚えありませんか？　私も還暦を迎えて、母によく似てきたと言われています」

「え？」

袴田は、まじまじとヒロ子の顔を見つめ、何かに気付いたように身を引いた。

「あんたは……」

「私の旧姓は池内です」

「すると…池内キヌ子の…」

「妹です」

「そうでしたか…。これはたいへん失礼なことを」

袴田はソファに座り直し、改めて姿勢を正した。

「私の方こそ、身元を明かさず失礼しました。どうかお許しください」

「それで…」

改めて袴田はヒロ子を見上げた。

「お母さんはお元気ですか。確かキヌ子の、いやキヌ子さんの十三回忌を最後に、お会いしていませんが」

「母は、十六年前に死にました」

「えっ？　亡くなられたのですか。それは知りませんでした」

「肺ガンで入院していましたが、実は死期が近づいてから、急に姉のキヌ子が死んだ日のことを喋りはじめました。それまでほとんど話したこともないのに。私は姉が電話交換室で殉職したことは知っていましたが、詳しいことは何も聞かされていませんでした。戦争中のことであり、ある程度仕方のないことと考えていたのかも知れません。ところが母は、戦後ずっと気持ちを押さえていたのですね。娘を失った悔しい気持ちをです。姉は十六でした」

「そうでした。キヌ子は、いやキヌ子さんはいちばん若かった。死んだ九人の中でも」

「まるで積年の怨みを一挙に吐き出すように、母は私を見据えて話しました…」

「それは、どんなお話でしたか？」

少し不安げな表情で、袴田は尋ねた。

「母は姉が勤める以前から、郵便局は空襲で必ず狙われると考えていたようです。なぜかと言えば、屋上には島と通信するために高い鉄塔が建っており、それが軍事施設と間違われると思っていました。姉は、そんな母の心配をよそに、自分から進んで郵便局へ勤めました。電話交換手への憧れの気持もあったようです。あの日の朝、上空にB29が姿を現わすと、母は叔父の家へ走って行って電話を借り、郵便局に電話を入れたのです。この日は早番で、姉は午前五時に自転車で出勤しました。二人の会話は次のようなものでした。

『ねえキヌ子、地下の防空壕へ移れないのかい』

『何言ってんの母さん、今は勤務中なのよ。そんなことできる訳がないでしょう。それより母さんこそ早く防空壕へ入ってちょうだい！』

『ねえ、なんとか監督さんにお願いできないものかねえ。監督さんはその部屋にいないのかい？ねえキヌ子』

『今はいないわ。さっき外の様子を見てくると言って、部屋から出て行ったままよ。私なら大丈夫だから、母さん早くヒロ子を連れて大川の方へ逃げて！　聞こえた？　母さん！』

その直後でした。ドーンという鈍い音がして電話が切れたのは。母は姉の名前を必死に呼び続けましたが、おそらく姉はこのときに死んだのです。時間的にも一致しているそうです」

「……」

「でも袴田さん、この時あなたは交換室の中にいらしたのですね。きっと姉の勘違いだったのでしょう。あなたは部屋にもどっていたのに、姉は気付かなかった。そうなのですね」

袴田は答えなかった。放心したように目は虚ろだった。

ヒロ子は、これでいいと思った。結論がどちらになろうと、自分の気持を納得させることができれば、それでよいと思った。姉も母も許してくれるだろう。

「用件はもう済みました。袴田さん、失礼します」

ヒロ子はバッグを手に取ると、袴田源一郎に頭を下げ応接間を背にした。そしてスリッパを元の位置に戻し、玄関の外へ出た。

地表から立ち上がってくる真夏の熱気が、ふたたびヒロ子を包んだ。日傘を広げ、五、六歩進んだ時、後で呼び止める声がした。細い声であった。振り返ると袴田が玄関の三和土（たたき）の上に正座した格好で佇んでいた。ヒロ子は驚いて玄関前まで走って戻った。

「どうされました？　袴田さん」

「許してください。私は嘘をついていました…」

消え入るような、か細い声であった。

「私はあの時、交換室にいませんでした。地下の防空壕にいたのです」

「えっ？」

「恐怖が、中国大陸で味わった爆弾の恐怖が、全身を襲いました。B29の低空飛行の爆音を聞いただけで、額から脂汗が浮き出し、思わず交換室を飛び出しました。どうかお許しください」

袴田は両手を突いて頭を下げた。

「そうだったのですか。でも、どうか手を上げてください。さあ立ち上がって」

「……翌日、被害者の報告書を書く段になって、私は局長に呼ばれました。女子交換手が九人も殉職したというのに、監督が交換室にいなかったのではまずい、君はいたことにしてくれ、と指示されました。私はそれに従うしかありませんでした。すべて私の弱さ、性格の弱さが引き起こしたことです…」

「……」

「でも、これだけは信じてください。今回の手記を書くにあたって、あのように事実と異なることを文章にしたのは、決して五十年前の局長の命令を守ったということではありません。何と言うか、あなたなら分かっていただけるでしょう。私も歳を取ってこの先長くはないと悟りました。するとと急に気持が楽になりました。もうすぐ、あの日亡くなった九人と会えると思ったのです。私はやはり交換室にいたことにしよう。みんなと少しでも近い位置にいた方が、早く会えるような、そんな気がしたのです…。キヌ子の、キヌ子さんの妹さんのあなたなら、きっと私の気持ちを理解してくださるはずです…」

袴田の目には、大粒の涙があふれ、雫となって首筋まで流れていた。

「ええ、ええ、分かりますとも」

ヒロ子は袴田の手を取り、しっかりと握っていた。

「さあ立って袴田さん」

ゆっくりと立ち上がる老人をヒロ子は両手で支え、玄関の上がり口に座らせると脛の砂を払った。今もし家人が帰宅したら、この光景は説明がつかない。ヒロ子は、辺りの様子をうかがった。しかし車の影は全く見えなかった。

「どうか落ち着いて。もう何もおっしゃらなくて結構です。あなたは戦後、亡くなった九人の命日には必ず遺族の家を回り、礼を尽くしました。慰霊碑の建立にも力を注ぎ、実現にこぎつけました。仮に何らかの落ち度があったとしても、もう十分に償いは済んでいます。そうじゃないですか袴田さん。戦争は余りにも大きくて、個人の力ではどうしようもありません。あの頃は世界中が悪い夢を見ていたのです…」

袴田は、ヒロ子の言葉に二度ほど頷き、タオルで目を押えた。そこには、戦争で受けた身体と心の傷を引き摺りながら戦後の半世紀余りをひたすら耐えて生き抜いてきた、一人の老人の姿があった。

ヒロ子は県道まで出ると、先ほどのバス停で立ち止まった。車の往来は少なく、バスの影は全く見えなかった。ふと蝉の鳴き声が林の方から聞こえた。弱々しい羽音は、もう夏の日が残り少ないことを告げているようだった。

突然の笑い声に振り向くと、女子高校生が一人、自転車で近づいてくるのが見えた。携帯電話を片手に、誰かと楽しそうに喋りながらヒロ子の前を通り過ぎた。今ではありふれた光景であった。

ふと姉のキヌ子と同じ歳だと思った。あの高校生は戦争について知っているだろうか。むかし電話という通信手段を命を賭けて守ろうとした十六歳の少女がいたことを。いや知るはずもあるまい。時は無情にも流れ、もはや街の風景の中に戦争の爪跡など見つけることはできない。

やがてバスの小さな姿が見えた。もし急行ならこの停留所には止まらない。ヒロ子は日傘の下で少し道路に身を乗り出した。

苦い絵

その婦人が志乃画廊の玄関に現われた時、朝の珈琲タイムが終って、研造が外商に出掛ける準備を始めたところだった。婦人は左手にハンドバッグを、右手には額を包んでいるらしい大きな風呂敷包みを下げていた。入ろうか、どうしようかと逡巡している様子が見てとれた。土地の若いアマチュア画家が、たまに絵を売りに来ることがある。だが、それとは明らかに違う雰囲気だった。婦人の年齢は七十近いと思われた。

研造は自分でドアを開け、その婦人を迎え入れた。

「ああ、どうも……」

無理につくったような曖昧な笑いを浮かべて、決心したのか、今度はしっかりした足取りで婦人は中へ進んだ。

「画廊のご主人さまでいらっしゃいますか？」

「はい、瀬川と申します」

「実は絵を見て戴きたいと思いまして」

「ほう、どなたの絵でしょう？」

研造の質問には答えず、婦人は画廊の中央のテーブルに風呂敷包みを置くと、手早く結びを解いた。箱を開け、さらに黄色い布袋をはずすと、油彩の風景画が出てきた。額は比較的簡素なものだった。

研造は眼鏡をかけ、絵を手に取った。サイズは八号である。右角に「英」のサインがあった。

「桐田英一郎ですね……」

かなり著名な物故作家であった。予想もしていなかった絵の出現に、研造は胸の高鳴りを覚えた。

「値打ちのある、絵なのでございましょうか？」

婦人は研造の表情を横から読み取り、質問した。

「はい。しかし、どこでこの絵を」

「主人が、ずっと以前に買ったものだと思います。実は主人は三ヵ月前に亡くなりまして、遺品を整理しておりましたら、これが出てきました」

桐田英一郎は、山口県出身の洋画家で、二十数年前に亡くなっている。一貫して瀬戸内海を中心とした海の風景画を、独特の奔放なタッチで描き、生存中は根強い人気があった。

ここ愛媛出身で一陽会所属の野間仁根とも深い親交があったという。

「この絵を、私どもに売りたいとお考えで?」

「はい、できれば……」

婦人は遠慮がちに言った。

「裏を拝見します」

研造は、絵をひっくり返した。桐田英一郎、錦秋遠望、昭和二八年、と墨書きされている。桐田は自分の手でキャンバスも作ったと聞いているが、どうやらこれもそうらしい。独特の木の組み合わせに苦心の跡が見える。ほぼ本物に間違いないと研造は判断したが、念には念をということもある。

「まずお預りして、鑑定に出したいと思います。その場合、結果にかかわらず鑑定料を負担して戴きますが、よろしいでしょうか」

「あの、いかほど?」

「四万から五万円位になりますが」

「はあ……」

婦人は少し戸惑いの色を見せたが、結局了承した。

「あの、預り証は戴けますね」

「もちろんですとも。すぐに書きます」

研造は、事務員の北岡涼子に指示した。婦人は殿村ミヤ子と名乗り、住所と電話番号をメモすると、預り証を丁寧に折り畳んでバッグに納めた。

「ご主人は、どのようなお仕事をされていた方ですか?」

少し気になって、研造は尋ねた。

「建築関係です。早い話が土建屋の経営をしていました。一時はおもしろいように儲かりまして、柄にもなく美術品を買い込んだ時期もありましたが、怪我をしてからはさっぱり……。絵は全部売り払ったものとばかり思っておりましたが、これ一枚だけが倉庫に残っていたのです」

「ほう……」

「お恥ずかしい話ですが、私はいま仮住いをしております。この連絡先は、そこのものです。ではお電話をお待ちしております」

殿村ミヤ子は、丁寧にお辞儀して帰って行った。

研造はもう一度絵を眺めた。湾があって、上部の陸地には紅葉が見える。下部は海面から突き出た岩盤で、大きく波が打ち寄せ飛沫が上がっている。瀬戸内海風景でないことは直感で分かった。恐らく日本海で、丹後か福井あたりではないかと思った。

昨日届いたばかりの美術年鑑の頁をめくった。昭和の物故作家の項に桐田の名がある。「号百万円」。野間仁根の号百二十万円より少し落ちるが、それでも立派なものである。ここに示しているのは、その画家の最高レベルの作品価格であるから、実際にこの値段で取引きされることは極めて少ない。絵が動くことはないからである。普通は、この価格の五割から六割がいいところである。それでも今回は八号だから、四百万から四百八十万にはなる。うん、悪くないな、と研造は思った。業界リベートは最低でも三割が常識だ。殿村ミヤ子は見たところ素人だから、五割まで行けるかも知れない。

予定を変更し、研造は高速艇で広島へ向かった。美術鑑定士の大江に、絵を見せるためである。特に桐田英一郎の作品を見る眼は、西日本で彼の右に出る者はいないと言われている。彼の御墨付きさえもらえば安心だ。研造は期待を胸に秘めて、船上の人となった。

瀬川研造が松山市の郊外に画廊を出したのは、わずか二年前である。五十歳の時、それまで勤めていた食品会社が倒産し、仕方なく絵のセールスを始めた。もともと絵は好きで、高校時代は美術部で油絵を描いていた。それだけの理由で畑違いの絵の世界へ飛び込んだのだが、現実は甘くなかった。地元の画廊に入って、最初の日に教えてもらったのは、風呂敷の畳み方だった。業界の仕来たりや約束ごとは何とか覚えたが、絵は全く売れなかった。

特殊な世界であった。医師や会社役員など、高額所得者リストを頼りに訪問するのだが、まず会ってもらえなかった。やっと面会の機会を与えられても、こちらが年齢の割に駆け出しであることが分かると、急に態度が冷淡になった。話を商談の域にもっていくこと自体が難しかったのである。美術業界の話題や動きについていけなかった。坂本繁二郎の名を「シゲジロウ」と読んで笑われたこともあった。病院の院長だったが、「あれはハンジロウだよ」と言うなり奥へ引っ込んで二度と会ってはくれなかった。

それでも三年が過ぎる頃になると、少し絵が売れ出したこともあって、画商のおもしろさも分かってきた。妻の志乃を癌で失ったのはこの頃だった。宣告を受けてわずか一年の命だったが、その一ヵ月前に彼女の実父が死んだことから遺産を相続し、それをさらに研造が相続した。妻の死は痛手であったが、財産を残してくれたことが救いになった。夫婦に子供はいなかった。それで、この金を資金とし、五年後に小さな「志乃画廊」を開いたのである。

ルーペを使ってじっくり絵の観察を始めてから、もう十分が経っている。この沈黙の時間が、研造にとって長く重く感じた。大江は七十歳を少し越えているだろうか。白髪で大学教授を想わせる風貌だが、計算高くしたたかな一面を持っている。それは当然かも知れない。生き馬の眼を抜くようなこの世界で、曲がりなりにも生き延びてきたのだから。

大江はキャンバスを裏向けると、今度は墨のサインの鑑定に入った。手元には、これまでの様々な桐田のサインを集めた「味噌帳」を広げている。最後にキャンバスの木枠を指で何度か叩き、鼻を近づけ匂いを嗅いだ。そして、ふうーと大きく息をすると眼鏡をはずした。

「瀬川さん、本物ですよ、正真正銘の――」

「そうですか。いやホッとしました」

思わず自分の顔が綻びるのを感じながら、研造はソファから立ち上がった。

「それにしても、いい絵を手に入れましたね。稀に見る掘り出し物ですよ。こいつは」

「と言いますと?」

「分かりませんか。季節ですよ季節。私も告白しますと、桐田の秋のテーマは初めて目にしました。桐田は春と夏が好きで、作品もほとんどこの季節に集中しています。彼は死ぬ少し前の雑誌の対談で、秋をテーマにしたものは生涯に四、五枚しか描いていないと発言しています。だから市場に出回ることはありません。持っているコレクターが離さないのだから当然でしょう。これは、そのうちの貴重な一枚ですよ」

大江の熱弁を聞いて、研造はようやく絵の価値を理解した。

「保存も申し分ない。もし東京のコレクターが知ったら、垂涎の的になるでしょうな。耳のつけ根まで真赤にして欲しがる逸品です。しばらく隠していた方が良いかも知れませんぞ」

悪戯っぽく、大江は笑って見せた。

「では、筒いっぱいでいけますか?」

「相手次第では、十分届くでしょう」

筒いっぱいとは、業界用語で、年鑑表示価格で取引することをいう。

研造は絵を丁寧に包むと、鑑定料を尋ねた。大江が指を三本立てる。研造は財布から六万円を抜いて机の上に置いた。

「領収証は三万円で結構ですから」

「これはこれは……」

にこやかな表情で大江は礼を言い、長い舌を出して二百円印紙を舐めると、

「瀬川さん、運が向いてきましたな、運が」

と言った。

帰りの高速艇が桟橋を離れ凪の海を走り出すと、ようやく研造はひと心地ついて、久し振りに言い知れぬ満足感を味わった。まだ画廊の所有物ではなかったが、手に入ったも同じであった。あの殿村という女なら、何とでも言い含めることができる。

実は二十年近く前、桐田英一郎の贋作が大量に出回り、新聞などで話題になったことがあった。研造が前に勤めていた画廊主から聞いた話であったが、それが気に掛かっていた。この絵を最初に見た時も、一瞬そのことが頭をよぎった。当時の贋作が、どこかの倉庫で眠っていて、それが出てきただけの話ではないのか。そう思ったのである。大江も当然ながら疑念を持ち、いつにな

く入念な鑑定となった。しかし今、その疑念も晴れたのである。大江の話によると、事件の犯人グループは、すぐ後に捕まっている。意外なことに、桐田の甥と姪の二人が主犯だったという。

画廊に戻ると、六時を回っていたが、北岡涼子はまだいた。研造は朗報を伝え、

「どう、久しぶりに食事は？」

と誘った。

「ええ」

涼子は、ややはにかんで答えた。「食事」が何を意味するのか、ともに理解していた。今夜は二人で乾杯し、その後、儀式を行うにふさわしいかも知れないと研造は思った。

涼子が志乃画廊に姿を見せたのは、ほぼ一年前だった。画廊に勤めたいと、飛び込みで面接にやってきたのである。若い娘がやめたすぐ後だったので、渡りに舟ではあったが、正直言って涼子の第一印象はそれ程良くなかった。研造は人並み以上の美しい女性を望んでいた。できればスタイルも良く、頭の回転が速い人を。高額の絵を取引きし、顧客の大部分が中高年男性であることを考えると、それはやはり必要な条件であった。

むしろ、涼子は反対のタイプであった。三十五歳という年齢よりは若く見えるものの、人の目を惹く魅力に欠けていた。顔は人並みではあったが、眉と眼のあたりに陰があり、表情に乏しかった。身体はやせ気味で、ふっくらとした女らしさを感じさせなかった。要するに、華やかさが無

かったのである。

涼子には離婚歴があった。子供が一人おり、母親に預けているという。

「じゃあ、しばらく通ってみますか。一ヵ月経ったら最終結果を出しましょう」

面接の最後に、研造はそう返事をした。希望とは逆のタイプだったが、別なことを考えていた。広くもない画廊で二人きりになることも多いだけに、彼女のような人の方が余分な気を遣わなくて済むかも知れないと思った。男心を惑わす肉感的な女でも困る。何しろこちらは男やもめだ。もう還暦に手が届く歳にはなっていたが、男を卒業した訳ではない。

しかし研造の指導もあって、涼子は性格が明るくなり、表情も次第に豊かになった。化粧や着る服にも随分神経を遣っているのが分かる。たまにブローチなどを研造が誉めると、予想を越えて喜ぶので、むしろ戸惑う程であった。そんな涼子に、研造はいつしか社員以上のいとおしさを感じるようになっていった。

二人の関係ができるのに、半年しか掛らなかった。四度目に共にした夕食はクリスマスイブだった。シャンパンの酔いも手伝って、研造はホテルに誘った。断わられても惨めな気分にならないよう、冗談めかして言ったのだが、涼子は意外にも真剣な顔で受け止めた。

「わたし、ああいう所、嫌なんです……」

それが拒絶でないことは、すぐ分かった。

「家にいらっしゃいますか？」

涼子のアパートは、古いタイプで二間続きだった。家具は驚く程少なく、その分小ざっぱりしていた。涼子は時間を掛けて、布団のシーツを新しいものに替えた。

その夜、研造は初めて涼子を抱いた。思っていたよりも、胸も腰回りも豊かであった。

二人の関係ができてからも、涼子の画廊での態度は何も変わらなかった。以前と同じ控え目で忠実な社員であった。その後も、二人だけの夜は何度か持った。だが、回を重ねる毎に、研造は男としての疲れをようやく感じるようになった。二人の年齢差を、改めて考えない訳にはいかなかった。

翌朝、殿村ミヤ子に電話を入れたが、誰も出なかった。長いコールのあと受話器を置いて、研造はミヤ子の残した住所のメモを見た。八幡浜市三段石町——。遠くはなかったが、出向いていく気も起こらなかった。昨日の今日だから、もう少し待ってみようと思った。画廊の一番奥の壁面が空いていた。先週、十号の日本画が売れ、そのままになっていた。

目立たない場所であったが、そろそろ埋めなければならなかった。

「北岡君、あそこに何か適当なもの、ないかね」

「ほら、あれがいいんじゃないでしょうか、桐田英一郎」

加湿器に水を補給する手を止めて、涼子は言った。あまりに屈託のない意見で、研造は面食らった。

「しかし、まだうちのものになっていないからねえ。あの殿村さんが突然やって来て見たら、何と思うだろうか……」

「いいえ、反対にあの方は喜ぶと思います。それに、いい絵ですから、いつ買い手がつくかも知れません。その間、壁に掛けて私も楽しみたいと思いますが……」

なるほど、言われてみればその通りかも知れない。研造は涼子の提案に従うことにした。この絵にふさわしい八号額を探し、壁に掛けて照明の角度を調整すると、画廊内部の雰囲気までが変わった。

「いいですねえ」

涼子は、うっとりと見とれて言った。こんな涼子を見るのは初めてだった。もしかして、昨夜の余情が身体の中でまだ燻っているのだろうか。研造は勝手な想像を断ち切って、壁の絵を眺めた。陸地の紅葉と、海の深い青との対比が美しかった。そこには、穏やかな瀬戸内海には見られない峻厳さがあった。

午後、一人の男性が画廊を訪れた。初めて見る客であった。淡い紺色のスーツを上品に着こなし、さりげなくセカンドバッグを持っている。五十代の前半だろうか。物腰も落着いていた。

研造に軽く会釈すると、男はゆっくりと歩を進めた。一点一点の作品を丁寧に見て、後に桐田の絵に辿り着いた。

「これは珍しい……」

男はそう呟き、顎に手をやると、そのまま顔を絵に近づけた。

「うん、これはいい……」

男はもう一度呟き、ゆっくり後へ下がった。

「珈琲でもお持ち致しましょうか？」

研造は背後から声を掛けた。男は振り向くと笑顔をつくり、

「はい、戴きましょう」

と答えた。細面だが、意志の強さを秘めている。涼子に合図すると、研造は客を応接セットに招いた。

「桐田英一郎がお気に入りで？」

「いえ、私ではなく、叔父がこの画家の絵にぞっこんでしてね」

「ほう、するとコレクター？」

「まあ、いろいろ集めています。銀行の頭取を退職して今は相談役ですが、昔から人物よりも風

景画が好きでしてね。田崎広助や中村善策なども気に入っているようです。桐田については、これまで叔父の家で何点か見せてもらいましたが、あのタイプのものは初めてです。あれは秋ですね」

「はい。『錦秋遠望』という題がついています」

「それは題もいい。もし叔父が見たら驚くでしょう」

男は、きれいな標準語を喋った。

「失礼ですが、東京から？」

「はい。私は新宿で経営コンサルタントをやっております。松山は明日まで滞在する予定ですが、地方へ出張すると、いつもその土地の画廊を回るのが趣味でしてね。それも街の中心部ではなく、少し離れた、いわゆる穴場狙いが多いのですよ」

「それはそれは――」

研造は、志乃画廊の存在意義を認められたようで、嬉しく思った。名刺を交換すると、夏目亮介という名があった。

「ところで、あの絵は――」

夏目は少し声を落として言った。「まだ売り先は決まっていらっしゃらない？」

「正確に言いますと預り物でして、まもなく私どもの所有になりますが」

「すると、売り値の方も、おおよそ目算が？」

「それはもう……」

研造は笑みを浮かべ、すでに決まっていることを匂わせた。

「そうでしょうとも、そうでしょうとも、あれだけの作品ですから」

夏目は絵に視線を投げかけて、呟くように言った。そして、その顔を研造に少し近づけてきた。

「参考までに、お聞かせ願えませんか。と言いますのは、来週が叔父の誕生日でしてね。七十の」

「ほう、それは」

「いえ、私がお金を出す訳ではありませんが、お世話するだけでも、いい贈り物になります。叔父は桐田を何点も持っていますが、秋の季節だけはありません。前々からフォーシーズンを揃えたいと申しており、私も努力したのですが叶いませんでした。その長年の夢が、やっと今回実現するかも——」

何という僥倖だろう、と研造は思った。午前中に壁に掛けて、その午後に有力な客の候補が現われるとは。

「承知致しました。しばらくお待ち下さい」

研造はデスクコーナーへ歩いた。平静を装ってはいたが、頭の中はいろんな数字が目まぐるしく動いている。稀少価値をどれだけ反映させるか。ズバリ年鑑価格八百万では芸がなさ過ぎる。

いくらオンさせるかで勝負が決まりそうだった。といって、八号の小品だから大台に乗せる訳にもいくまい。研造は決心し、「九六〇万」と小さな紙にペンを走らせた。

ゆっくり立ち上がり、夏目に見せる。

「いいですね、丁度いい」

夏目は二度うなづいた。「安くはないが、高くもない。一応叔父に、情報だけは知らせておきましょう。よろしいですね？」

「もちろんですとも」

「では――」

夏目は立ち上がり、玄関で足を止めた。

「いま全日空ホテルに泊まっています。また連絡を差し上げましょう」

「よい知らせをお待ちしております」

研造と涼子は並んで頭を下げ、夏目亮介を見送った。


その日の夕方、殿村ミヤ子へ電話を入れたが、やはり出なかった。夜のコールでも同じだった。

翌朝、夏目から連絡を受けた。

「夕べ叔父に知らせましたところ、大変感激しまして、すぐにでも譲って戴きたいとの返事でした。ついては、私も今日六時の便で東京へ戻りますので、それまでに絵がこちらの手に入ればいいのですが――」

「はあ……」

あまりに性急な商談で、研造は躊躇した。殿村ミヤ子と連絡が取れてないのが気掛かりだった。しかし、この機会を逃がしてはならないとも思った。夏目の声が続く。

「いかがでしょう。今回は初めての取引きですので、現金を用意します。けさ一番に銀行送金を手配したとのことですので、それがこちらに着き次第お伺いします。昨日お聞きした金額プラス消費税でよろしいですね」

そうだ、今後のお付き合いということもある。ここは決断しなければ。研造は、ひときわ高い声を張り上げた。

「承知致しました。それでは、夏目様のお越しをお待ち申し上げております」

午後三時。画廊の前にタクシーが停まり、夏目が降り立った。手にアタッシュケースを下げている。

「早速ですが、確認して下さい」

夏目はテーブルの上に、銀行の帯封のついた現金の束を九つと、バラの束を一つ置いた。

「絵は梱包いたしますか?」

「いや、それは美術運送の業者の方でやらせましょう。これから寄りますので」

涼子が現金を数え、領収証を書く間、夏目は箱の中の絵を自分の手でもう一度持ち上げた。表も裏も確認するように、目を近づけて調べている。やがて笑顔を取り戻した。

「叔父がとても喜びましてね。いや、これで私の株も上がりましたよ」

「それは、よろしゅうございました。今後共ご贔屓にお願い致します」

風呂敷包みのまま絵を持ち、領収証を受け取ると夏目は、

「では急ぎますので、これで」

と言って待たせてあったタクシーに乗り込んだ。研造と涼子は道路に出て見送った。タクシーの姿が消えると、涼子が、

「社長、よかったですね」

と、ねぎらいの声を掛けた。研造はうなずき、柄にもなく指でVサインを示してみせた。リベートを三割と計算しても、きょう一日で二ヵ月分の利益を上げたことになる。その割合は、まだこれから膨らむ可能性があるのだった。

しかし話は、予期せぬ方向へ進展する。

次の日の朝、涼子が玄関のシャッターを上げると、そこに殿村ミヤ子が立っていた。研造もす

ぐに気付いたが、ミヤ子の冷たい表情が、何か不吉な予感を与えた。

「何度もお電話を差し上げたのですが……」

研造は、そこから切り出した。そして桐田の絵が本物であったことを伝えた。ミヤ子は当然だという風に表情を変えなかった。

「親戚に不幸事があり、しばらく留守にしておりました。本日出向きましたのは、あの絵を引き揚げたく思いまして」

「はあ？　でも私どもにお譲り戴ける約束では」

「値段によってはねえ」

意味慎重な言葉を、ミヤ子は口にした。前に会った時の印象とは随分違っていた。妙に落ち着きはらった態度が研造を不安にした。

「では、ズバリ訊きましょう。いくらでお譲り戴けますか？」

「千六百万」

「えっ？」

「千六百万円ならお渡しします、と言ったのです」

研造は笑った。

「ご冗談を、殿村さん」

「冗談ではありません」

ミヤ子はキッパリ言った。

「ほう、では伺います。何を根拠にその数字が出たのですか？」

「葬儀の席で、絵の取引に詳しい人に出会い、話を聞きました。ここへ持ってくる前に撮影した、あの絵の写真を見せたところ、大変驚いて、値打ちのある絵であることが分かりました。その方が言うには、美術年鑑価格の二倍で売れるとのことでした。最新の年鑑では号百万ですから、これに八を掛け、さらに二を掛けました。小学生でもできる計算ですよね」

これだから素人は恐い、と研造は思った。

「お言葉ですが、美術品の取引というのは、売り手と買い手の双方が揃って初めて価格が決まります。いくら売り手だけが素人考えで勝手に値段を――」

「ですから」

ミヤ子は研造の言葉を遮った。「これから買い手を探します。大阪でも東京へでも行くつもりです。値段に不満なら絵を返して下さい！」

ミヤ子の毅然とした態度に、研造は言葉を失った。それにしても、金の力はここまで人間を変えてしまうものなのか。つい数日前までの、弱々しい未亡人のイメージは片鱗もなかった。

「弱りましたな……」

「何も弱ることはありません。私が絵を受け取り、この預り証を渡せば決着することです」

ここは正直に事情を話さないといけないだろう。研造は意を決した。絵はすでに人手に渡っていること、売価の七掛けしか払えないことを説明した。その具体的な数字を示すと、ミヤ子の表情が変わった。

「あなたこそ、冗談はやめにして下さい。そんな金額で売るつもりは毛頭ありません。馬鹿馬鹿しい！」

しばし沈黙が続いた。涼子は青い顔をしてデスクコーナーに座ったまま、事の成り行きを見守っているだけだった。

「では二日だけ待ちましょう――」

興奮を押さえて、ミヤ子はようやく口を開いた。

「その間に絵を取り戻して下さい。明後日の午後五時に、もう一度伺います。その時に絵がなければ、現金で千六百万円を払って戴きます。一円たりとも値引きするつもりはありません」

「そんな……」

「すぐ念書を書いて下さい。書けないとおっしゃるのなら、この足で警察へ行きます。あなたがしたことは立派な横領罪ですから、手が後へ回るでしょう。それと同時に、あなたを裁判所へ訴えます。その場合は千六百万円の賠償金に加えて、相応の慰謝料をもらい、さらに弁護士費用も負担して戴きます。当然新聞記事になるでしょうから、あなたは信用を失って、今後この商売はできなくなりますよね。さあどうしますか？　念書を書きますか？」

ミヤ子は一気に捲くし立てた。研造は目の前が暗くなった。大変な女と関わりを持ってしまったという後悔の想いが、巨大な鉛のように頭の中を占めていた。

「絵を――」

研造は言った。「絵を引き揚げましょう。ただし二日では無理だと思います。第三者の手に渡っていますから、せめて」

「いいえ、二日以上は伸ばしません。絶対に。本当なら、たった今返してもらうべき品ではありませんか。それとも、明日から一日一割の延滞料を払いますか？」

負けたと思った。こんな恐ろしい女とは、一日でも早く縁を切った方がいい。研造はデスクに向かい、言われた通りの内容を念書に書いた。絵は戻らないだろう。この紙切れ一枚で、六百万円余りの損害が出ることになる。印を押す時、わずかに手が震えるのを覚えた。

念書を読んでハンドバッグにしまうと、

「では、あさっての五時に」

そう言ってミヤ子は帰って行った。

すぐ東京の夏目のオフィスへ電話した。女性が出て、夏目は明日から二日間香港へ出張の予定で、今その準備に追われており、夜までは連絡が取れないとの返事であった。携帯電話の番号を教えてほしいとお願いしたが、本人の承認を得ないと、それもできないと言われた。研造は用件を説明し、連絡が取れ次第、伝えてほしいと話した。そして遅くなっても本日中に返事をもらいたいとお願いした。

夜十時、一人だけの薄暗い画廊に電話が鳴り響いた。朝と同じ女性の声で「夏目と連絡は取れましたが、絵はお返しできないとのことです」と言った。電話はそれだけですぐにきれた。万事休すであった。

二日後、やって来た殿村ミヤ子に、研造は金を支払った。鑑定料を差し引いて、千五百九十五万円であった。満足そうな顔でミヤ子が姿を消すと、涼子は嗚咽をもらした。

その夜、研造は場末のスナックでひとり痛飲した。

次の日の夕刻、夏目から思わぬ電話が入った。

「香港から帰るなり叔父に呼びつけられて、すごい剣幕で怒鳴られた。あの絵は贋作だよ。私の信用をどうしてくれるんだ！　ええ？」

荒げた声が研造の耳元でビンビン響いた。

「そ、そんなはずはありません。あれは正真正銘の本物です。鑑定も済んでいます」

「あんたはこの間、絵を買い戻したいと電話をしてきたそうじゃないか。ニセ物だと気付いたからだろう？」

「いえ、あれは別の理由でして……」

「希望通り返してやるよ。だから金も返してもらおう。明日の正午、東京の帝国ホテルのロビーへ金をもって来い！　もちろん現金だ。もし来なかったらタダじゃあ済まないぞ。いいな？」

電話は一方的に切れた。有無を言わさぬ強引さであった。何ということだろう。研造は頭が混乱した。

あの桐田英一郎の絵は本物だ。これは信用していい。その上で、どう対処すれば一番いいのか。研造は少しづつ冷静さを取り戻した。いま考えなければならないのは、殿村ミヤ子から受けた損害額を減らすことだった。いやゼロにする可能性だってある。明日絵を受け取って、ミヤ子と再交渉する方法があった。それが最悪できなかったとしても、東京のコレクターを探して売る道もある。もしかしたら年鑑価格の二倍という相場も、あながち嘘ではないかも知れない。夏目があの絵を慌てて購入したのは、九六〇という数字が異常に安かったからだろう。夏目は桐田という画家については相当研究していたはずだ。価格のメモを見せた時、夏目は顔にこそ出さなかったが、腹ではニヤリと笑ったことだろう。でなければ、あれほど急ぐはずはない。

当座預金は、ほとんど底をついていた。東京へ行くには、今日中に八百万円以上を工面しなければならない。研造は街の金融業者に電話した。高利であったが、背に腹は替えられなかった。

正午きっかりに、夏目亮介が風呂敷包みをかかえロビーに現われた。憮然とした表情だった。

「金は？」

ソファーに座るなり夏目は言った。

「まず絵を見せてもらいます」

「金が先だ！」

夏目は凄んで言った。目が吊り上がっている。まるでヤクザの取引だった。仕方なく研造は、現金を詰めた封筒をテーブルの上に置いた。そして夏目が大雑把に数える間に、風呂敷を解いた。ケースも前のままだった。

「受け取りはいるのか？」

「もちろんです」

言いながらケースを開けた。そこには「錦秋遠望」があった。夏目は立ち上がると、背広の内ポケットから用意していた領収証を投げてよこした。

「このペテン師め！」

夏目は捨て台詞を残し、玄関へ急ぎ足で向かった。研造はさすがにムッとしたが声が出なかった。夏目はそのまま待機しているタクシーの中へ姿を消した。

何かおかしい。絵柄は同じなのに、なぜか前の絵と違うような気がした。裏返すと木の香がプンと匂った。前はこんな匂いはしなかったはずだ。そうだ、キャンバスの木が新しいのだ。

「しまった！」

研造は玄関へ走った。しかし夏目の乗ったタクシーの姿はもうなかった。


「引っ掛かりましたね、瀬川さん――」

ルーペを置いて、大江は言った。「精巧な贋作ですよ、これは」

「しかし、わずか四日ですよ。その間にそっくりなニセ物などつくれるものですか？」

「違います」

「え？」

「奴らは最初から真贋両方を用意していたのです」

「奴ら？……」

「まだわかりませんか瀬川さん。絵を持ち込んだ殿村とかいう女もグルですよ」

「…………」

研造は全身から力が抜けて、その場に座り込んだ。

「おそらく、二十年程前に暗躍した贋作グループが、また動き出したのでしょう。バブルが弾けて、おいしい話がなくなりましたからねえ。奴らがまず標的にするのは、地方都市の、それもあまり目立たない画廊です。運が悪かったとしか考えようがないですね……」

同情するように、大江は言った。

北岡涼子が翌日から出勤しなくなった。何の連絡もなかった。研造がアパートを訪ねると、すでに引っ越したあとだった。なぜ？　どうして？　かつて何度か肌を重ねた部屋の前で、研造はぼんやりと考え込んだ。そう言えば、夏目が画廊に現われた日の朝、桐田の絵を壁に掛けようと提案したのは涼子だった。そのことに気付いた途端、研造は眩暈に襲われ意識を失いそうになった。

大江から再鑑定の請求書が届いたのは、その二日後だった。

内海漂流

——一月十七日午前五時四十六分、東神戸

船は未明の播磨灘を、滑るように進んでいた。まもなく明石海峡の西入口にさしかかる。真冬には珍らしいほどに穏やかな日で、視界も良好だった。こんな凪の夜は、ひと冬に一日あるかなしだろうと、滝村四郎は思った。船長室のベッドで身を横たえてはいたが、眠ることはできなかった。心地よいエンジン音を聞きながら、ぼんやりとデスクの前のカレンダーを見ていた。燧灘を通過中に日付が変わったので、きょうは一月十七日。平成七年が明けて、一月も中日を過ぎてしまった。毎年会社の新年祝賀会が十五日に行われる。滝村にとっては最後の祝賀行事であった。当然のように会社の幹部や同僚から、長年勤めあげた滝村船長へねぎらいの言葉があった。あの日は、いつになく酔いが身体を回ったように思う。

滝村はもう一度カレンダーを見た。目は二月二十八日に注がれている。船を下りる日であった。船長の定年は五十八歳。いずれその日が自分にもやってくることを知っていながら、これまでほとんど意識しなかった。別に逃げていた訳でもない。考える余裕がなかったというのが正直な気持だった。だが昨年の四月、会社から正式に通告を受けると、さすがに意識しないではいられなかった。フェリー業界の様相を思えば、滝村が船を下りて就くポストはなかった。船長を解任される日が、会社を去る日であった。

操舵室(ブリッジ)から定期連絡が入った。二等航海士の野口の声だった。

「船長、明石海峡です」

「了解」

短く返事をして、滝村は靴に足を滑り込ませた。まず右、そして左。この瞬間が好きであった。つづいて金モール付の上着をまとうと、身が引締まった。船内の何げない日常的動作が、滝村にとってはいとおしくさえ感じた。

フェリー「ほわいとくいーん2」は、昨夜二二時二〇分、定刻通り今治を出航した。行先は東神戸フェリーターミナルで、入港予定は早朝の五時五〇分である。この間、滝村が直接操船の指揮をとるのは、出港と入港時、そして通行量の多い備讃瀬戸と明石海峡の二カ所である。建造後十五年が過ぎる「ほわいとくいーん2」は、九四〇〇トン。白い船体に中央部両舷二本の赤い煙突が美しい。総トン数では九州航路の関汽フェリーにわずかに及ばないものの、優雅さにおいては今でもその名の通り、内海の女王の座を守っていると滝村は信じている。最大積載量はトラック換算で一〇〇台、乗客六〇〇人である。この船を乗員三五人で動かしている。

滝村は操舵室(ブリッジ)に入ると、いつものように室内をひと回りしてデッキ前部に立った。室内は照明を落としており、闇の中にさまざまな操作盤や計器類のディスプレイ、それに衝突防止援助装置のついたレーダーの淡いグリーンの光だけが鮮やかに浮かび上がっている。右舷前方には、淡路島の黒い影が迫っていた。海峡入口に差しかかると、操舵室は自然に緊張感が高まる。野口から、気象状況に特に変化はないという報告を受けると、滝村は制帽をかぶり直し双眼鏡を握った。

海峡西口の時刻測定地点で、正面の時計を見た。四時一八分であった。これは定刻より七分早かった。冬場はどうしても風や波の抵抗が大きく、船は遅れるのが普通である。燃料の消費量も他の季節と比べて多い。しかし今日は特別だった。これだと五時四五分には東神戸に接岸できるだろう、と滝村は判断した。早ければよいというものではないけれど、長距離トラックは早朝の空(す)いている時間に、阪神地区を走り抜けたいと、運転手の誰もが考えている。わずか十五分程の遅れのために、朝の渋滞に巻き込まれる場合もある。ただ入港が早過ぎても、眠っている道路沿いの住民に迷惑がかかる訳で、少しは調整をしなければならない。

目の前に明石海峡大橋の巨大な主塔が見えてきた。通行船に注意を促すライトが鈴なりに灯っている。この架橋工事で、航路はさらに狭められ、潮流にも複雑な変化を及ぼしている。流されて航路がズレていないか、常に現在位置をレーダーで確認しながら進む。

天に向かって伸びるコンクリートの主塔は、時代の移り変わりを象徴していた。日本で初めて定期フェリーボートが就航したのは、この明石＝岩屋間であった。今では想像できない程、素朴な木造フェリーで自動車専用の渡し船といった印象を受けたという。自動車時代が幕開けを告げようとする、昭和三十一年のことである。それから十六年後の四十七年、松山＝今治＝神戸間に現在のフェリーが就航した。滝村が入社したのは、この年であった。経済成長とともにフェリーも長距離時代に入っていた。まだ高速道路の整備が十分でなく、夜間にトラックの運転手を休ませるという意味あいもあって、フェリーは各地で急速に普及した。その頃、近海航路の貨物船に乗っていた滝村は、新会社設立の報を聞いて今治へやってきたのである。

「船長――」

野口の声で滝村は振り返った。見ると右舷後方にフェリーが走っている。別府から大阪へ向かう関汽フェリーだった。

（おかしいな……）

通常ダイヤなら、三〇分後方を走っているはずの船が、すぐ後(うしろ)まで迫っていた。こちらの船が遅れている訳ではない。やはりこの凪のせいか、と滝村は思った。それとも積載車輌が余程少ないのか。船は喫水が上がれば、同じエンジン出力でも速度が当然早くなる。新年が明けて間がないとはいえ、流通業界も平常に戻っている頃であるが、まだ動きが鈍いのかも知れない。

まもなく関汽フェリーと並ぶ格好になった。海峡付近の水域では、大型船が並行して航行することは避けるよう指導されている。速度を上げて前へ出るか、反対に下げて後に回るか、どちらかを選ばなくてはならない。それに関汽フェリーは神戸港中突堤に寄港するが、こちらはその先の東神戸だから、このままでは航路が交差することになる。

野口が、判断の指示を待つような視線を送ってきた。

「ピッチ二〇度（一六ノット）」

「ピッチ二〇度にしました」

復唱する野口の声が、暗い操舵室に響き渡った。やがて右舷のフェリーは、除々に前へ出始めた。

（急ぐことはない……）

滝村は呟いた。船長は何よりも乗客・乗員の安全を最優先しなければならない。加えて積載車輌や荷物、それに船主から預かっている船体に損傷を与えないように気を配らなくてはならない。それ以外のことなら、何とでも言い訳がつく。十五年前に船長を拝命してから、滝村はそれをずっと守り通してきた。そして事故らしい事故もなく、間もなく職務を全うしようとしている。

高い樹から下りる時は、最後の一歩に注意せよという箴言がある。気の緩みを戒めたものだが、滝村はこの言葉が最近になってよく頭に浮かぶ。下船の日まで、残すところ一ヵ月半。その当日まで決して油断をしてはならないと思う。船長としての判断、決断のひとつひとつが、人の生命と深くかかわっているのだ。

それにしても……と滝村は思う。いま中四国のフェリー会社は、例外なく経営の曲がり角を迎えている。本州と四国に三本の橋が完成すれば、会社の存続さえ危ぶまれる。尾道＝今治ルートの開通まで、あと四年しかない。これからは、橋との熾烈な価格競争の時代に入るだろう。この時期に定年退職することに、滝村は複雑な想いを持っていた。若い野口が船長になる頃に、この航路はどうなっているだろうか。操舵手の服部は、さらに若い。ちょうど自分の子供に当る年齢である。滝村の世代は、ある意味で最も充実した上り坂の時代を歩いてきた。息をはずませて坂を登り切った時、見えたのは黄昏の空であった。人生の黄昏ではない。フェリーそのものの役割が終ろうとしているのだった。

滝村四郎は昭和十二年、広島県の大崎上島に生まれた。四人兄弟の末っ子で、いずれ島を出ることが運命づけられていた。家業は漁師で、中学に入学する頃には、すでに歳の離れた長兄と次兄が父親とともに船に乗り込んでいた。愛媛県の大島高校を卒業すると、波方(なみかた)海員学校へ入り船員の道をめざした。三原市に居を定め、貨物船に甲板員として乗り込んだのは、二十歳の時である。三千トン級の木材運搬船で、行先は主にシベリアであった。ナホトカからアムール河を遡り、マゴという木材積み出し港で荷を受けて、日本の港へ搬ぶことを繰り返した。一度出航すると、ひと月は家へ帰れなかった。

京子と結婚したのは、二十六歳の時だった。高校時代にお世話になった下宿のおばさんの紹介だった。このおばさんとは、卒業後もずっと年賀状の交換を続けていた。京子は伯方町木浦の一杯船主の長女だった。三原市内の喫茶店で初めて京子と会った日のことを、滝村はよく覚えている。貨物船の入港が遅れ、汽車を乗り継いで三原駅に着くと、もう約束の時間だった。風呂屋にも理容店にも行くことができず、そのまま喫茶店に直行した。淡いピンクのスーツに身を包んだ京子は、滝村の横を通り過ぎ、「小ざっぱりした男」を捜した。自分から声を掛けることができず、滝村はひたすら見つけてくれるのを待った。

二人が言葉を交わしたのは、それから三十分後だった。滝村はすぐに結婚を決意した。おばさんから聞いていた通り、原節子に似た日本的美人だったし、何よりも控え目で芯の強さを感じた。長い留守宅を安心して任せられると思ったのである。しかし京子からの返事は、なかなか貰えなかった。やはり第一印象が悪かったのかと、ほとんど諦めかけていた頃、船宛に電報が届いた。滝村の船がカラフト西海岸の港に入った日の夜だった。町の酒場でひとり飲んでいると、船長がわざわざ届けてくれたのである。電文は短く、「アナタニツイテイキマス　キョウコ」であった。

結婚後しばらくは子供に恵まれず、二人だけの静かな生活が続いた。女の子が生まれた時、滝村は三十二になっていた。この知らせを受けたのも、海の上だった。思わず水平線に向かって「万歳！」と叫んだ。この子に滝村は小百合と名付けた。前年に故郷・大崎上島では、母ユリが亡くなっていた。

船は神戸港沖を進んでいた。華やかな国際都市を印象づけるような夜景が、目の前にあった。中突堤には、赤い鼓型のポートタワーが、そして周辺には高層ホテルなどがライトアップされ、不夜城を形作っている。先程の関汽フェリーは、もう入港体制に入っているだろうか。街の灯りは東へ東へと伸びている。あの光の中のひとつに、小百合の住むアパートがある。もう二年ばかり会っていないけれど。船がこの位置にくると、滝村はつい一人娘のことを考えてしまう。夜勤でなければ、今頃はまだぐっすりと眠っているだろう。ほんのひと時だけ、船長は父親になる。

六甲アイランド沖を通過すると、まもなく船は大きく左折して北上し、東神戸フェリーターミナル埠頭へと向かう。

「ポーリッジ（ゆっくり取舵）！」

滝村は雑念を振り払うように、鋭く指示を出した。

「ポーリッジ」

操舵手が復唱して、舵輪を左へ回転させる。進路を北に移すと、街の夜景が正面から向かってくる。

五時二七分、「スタンバイエンジン」の指令。続いて「入港配置」の指示を出す。これから着岸操船が始まる。緊張のひと時である。船首に一等航海士と甲板員三名が、船尾には二等航海士の野口と甲板員二名が通信器を手に配置につく。そして操舵室（ブリッジ）には、滝村と三等航海士、操舵手の三名が待機する。船はひとまず停止し、後進して接岸する。

「スローアスターエンジン（微速後進）」

滝村は左舷ウイングに出て指示を出した。船はゆっくりバックを始め、第三岸壁（バース）と平行移動しながら少しずつ可動橋に近づいてゆく。ここでホーサー（係留ロープ）を二本投げる。埠頭の綱取り作業員が馴れた手つきでこれを引き揚げ、ビット（係留柱）に掛けると、海水を弾きながらホーサーはピンと一直線に張る。船と岸壁との距離が二メートルまで縮まり、船尾が可動橋まで二〇メートルに近づいたところで、滝村は

「エンジンストップ」

をかけた。この時である。エンジン音が消えた次の瞬間、ドーンという鈍い響きとともに船底から突き上げる衝撃を受けた。船全体が岩礁に乗り上げたような強烈な力であった。

「何だ、これは！」

滝村は思わず叫んだ。ほとんど同時に、待合所のあるターミナルビルの照明が全部消えた。ウイングから見下ろすと、埠頭全体が音を立てて揺れている。

「船長、地震です！」

通信器から野口の悲痛な声がした。真下の岸壁につぎつぎと亀裂が走り、巾四メートル程のコンクリートの縁が、海へ向かって崩れ始めた。駐車中の車がその割れ目に飲み込まれ、別の車はボンネットを半開きにしたまま海中へ落下した。綱取り作業員の一人は、阿波踊りでもしているような格好で、足元がもつれている。別の二人も地上で転げ回っているのが船の明かりに照らされて見える。そのうちの一人が割れ目に落ちそうになった。

「あっ、危ない！」

滝村は声を上げた。作業員は必死にコンクリートの一部にしがみついている。助けようにも、ここからはどうしようもない。もう駄目かと思った時、揺れがピタリと納まった。

三人の作業員はようやく立ち上がると、ビルの方へ一目散に走り去った。

滝村がホッとわれに返ると、「地震です。船長、すぐ港外へ出ますか？」

一等航海士の寺崎の緊張した声が、マイクを通じて届いた。この時、滝村の頭を鋭くよぎったのは余震と津波だった。震源地はどこなのか分からない。もし日本列島に近い太平洋上なら、すぐに津波が押し寄せてくるだろう。紀淡海峡を越えれば、大阪湾を北上し、神戸の海岸にも届く。いま側面から大きな波を受ければ、船体は壊れた岸壁に叩きつけられ、想像以上の被害が出るかも知れない。

「待て。車輌区その他、異常がないか点検が先だ」

寺崎にそう伝えて、滝村は操舵室へ走った。ただちに船内各部署へ連絡を入れる。まず事務部へ、

「乗客にケガはないか、安全を確認せよ」

「分かりました！」

続いて機関部へ、

「異常はないか？」

「ただ今点検中です」

「点検を急げ！」

「了解」

「メインエンジンが始動できるか、ただちに報告せよ」

「了解しました」

そして車輌部へも点検を命じた。船底から衝撃を受けたのが五時四六分。それから二分しか経過していないのに、随分長い時間が流れたような気がした。滝村の頭に、昭和二十一年の南海沖地震の記憶がよみがえった。あの地震では、千三百人余りが亡くなった。特に津波による被害が大きかったと記憶している。直接体験した訳ではないけれど、海で生計を立てている家族の一人として、子供心に強烈な印象を残したのである。

報告は程なくつぎつぎと届いた。

「乗客は全員無事です」

「車輌甲板、特に異常は認められません」

「メインエンジン、いつでも始動できます」

「よし！」

滝村は港外へ出ることを決断した。岸壁に作業員がいないので、ホーサーは切断するしかない。時計を見ると五時五〇分であった。

「これより出港する。ホーサーを切れ！」

船首と船尾に指令を出した。二本のロープはつぎつぎと海上に落ち、白い水飛沫を上げた。

「スローアヘッドエンジン（微速前進）」

あたりの静寂を破って主エンジンが唸りをあげ、船がゆっくり前進を始めると、滝村は心の中で叫んだ。

（うっ、いける。助かった……）

そんな船長の表情を読み取って、操舵室（ブリッジ）にも安堵の空気が流れた。深呼吸してから次の指令を出す。

「ハーフアヘッドエンジン（半速前進）」

復唱する航海士の声にも落着きが戻っていた。若い乗員たちにとってはもちろん、滝村にとっても初めての体験であった。

船からの明かりを失った岸壁は、すぐに黒々とした深い闇に包まれた。沖から見る埠頭は、全体が巨大な墓場のように沈黙していた。

沖に停泊して、まもなく一時間がたとうとしていた。現在地は防波提から約一・五マイル（二・八キロメートル）である。ここがどのような状況の変化にも、すぐに対応できる位置だと滝村は判断した。どこかへ自ら救助に向かわねばならないかも知れなかった。そのために投錨は見合わせることにした。津波に対しても、柔軟に動ける方が抵抗が少なく衝撃を押さえられると考えた。時間の経過からみて、津波の危険性はほとんどなくなったが、それでも最悪の事態は常に考慮していなればならなかった。とにかく、この場所で夜明けを待つことにした。

この間、滝村は船内の再点検を指示した。被害を受けたのは、旅客案内用放送装置と、海水取入れパイプの破損だけであった。放送装置は、電源を非常用に切り替えれば使用可能であった。その他、売店で雑誌や土産物などの商品が散乱したのと、厨房では茶碗に入れてあった乗員朝食用の生卵三十六個が、一つ残らず割れていたとの報告もあった。

何よりも乗客乗員二八四名にケガ人が出なかったこと、積載車輌六四台に損傷がなかったことを再確認し、滝村はホッと胸をなでおろした。乗客も先程の衝撃が地震によるものであると知っており、ほとんど動揺はみられないとのことであった。

東の空が、しらじらと明け始めた。周囲が明るくなるにつれ、神戸の街から数カ所にわたって黒煙が立ち昇っているのが分かった。それらは六甲山の峰よりも高く、垂直に伸びていた。ほとんど無風状態であった。

船からは東灘区と芦屋市の一部しか見ることができなかったが、先程の揺れから考えると相当の被害が出ているのではないかと思った。海岸に近い四三号線を消防車や救急車が走れば、サイレンの音がここまで聞こえてきそうに思ったが、それらしき音は届かなかった。無気味な程に静かであった。

船舶電話が全く通じなかつた。今治の本社事務所へ何度か連絡を試みたが、回線が繋がらなかった。念のため国際ＶＨＦ（船舶無線安全通信）で近くの船を呼び出してみた。チャンネルを全て使用したが、どこも応答がなかった。耳と口を押えられたような息苦しさを滝村は感じた。六時五五分、ついに投錨の指示を出した。

唯一の情報源は、操舵室にあるテレビだった。午前七時のＮＨＫニュースは、神戸を中心とした震度と震源地を伝えた。神戸の震度は六、震源地は明石海峡の海底であった。しかし被害の状況については何のコメントもなく、すぐにニュースは別のテーマに移った。

滝村は乗客のために、朝食の炊き出しを事務部へ命じた。きょうは長い一日になりそうだった。今の間に腹拵えをして、これからの対応に備えなければと思った。乗客の不安を少しでも柔らげるためにも、胃を満たすことは必要だった。乗船している女子スタッフ全員を厨房へ応援に走らせた。

八時前になって、ようやくテレビは被害の第一報を伝えた。まず放映されたのは、中央区にある神戸放送局内部の白黒映像だった。地震発生の瞬間をとらえたもので、画面は大きく揺れて事務機器が倒れるところが記録されていた。続いて局周辺の様子が生中継で映し出された。山手の幹線道路を塞ぐように、あちこちで家屋や電柱が倒れており、車がそれらを避けながらノロノロとした速度で動いている。ビルの壁面が崩れ落ち、破片が地上一面に散らばって歩道を埋めつくしていた。道路の向い側にある生田消防署のクリーム色の建物にも大きな亀裂が走り、傾いているのが分かる。

（これは、ひどい……）

画面の惨状に、滝村は息を飲んだ。小百合は大丈夫だろうか。この時、滝村は初めて娘の安否を考えた。小百合は中央区との境に近い灘区のアパートに住んでいる。古い建物で、この春新しいマンションに引越すつもりだという連絡を受けていた。ニュースの画面は東京のスタジオへ戻り、「死者五人、負傷者多数」という字幕を流していた。

三歳の誕生日を迎えた頃、小百合は滝村の顔をようやく覚えてくれた。父親として認めてくれたようだった。それまでは、滝村が帰宅しても、恐いものを見るように京子の足元へ擦り寄ったものである。一ヵ月以上家を留守にする変則的な勤務のため、なかなか馴染んでもらえなかった。それに滝村の貨物船は、その頃になるとインドネシアなど南方へ航路を変えていた。すっかり日焼けした滝村の顔が幼い目には異質に映ったのである。しかし満三歳を過ぎ、一度父親であることを認めてもらうと、今度は帰宅を心待ちにするようになった。滝村が玄関の戸を開けると、まず小百合が小走りに出迎え、重い鞄を受け取るとウンウン言いながら奥の部屋へ運ぶ。そしてもう一度出てくると、今度は滝村が靴を脱ぐのを待ち切れないように片手を掴み、居間へ導くのであった。

子を持って知る親の恩、という言葉がある。もしかして違うのではないか。子を持って知る子の恩――というのが正しいのではないのか、と滝村は思った。娘の存在は、仕事の疲れを忘れさせてくれるばかりでなく、親に生きる勇気を与えてくれるものだと滝村は気付いた。これまでは考えもしないことだった。人間は子供という存在に感謝しながら、さまざまな困難を乗り越えてきたのではないか。ひょっとすると滝村の父母もまた、滝村という存在に感謝し、生きてきたのではなかったか。本心は決して明かさなかったけれど、滝村はそんな風に想像した。

「船長、本社が出ました！」

野口の声で滝村はわれに帰った。やっと回線が通じたのである。滝村はいつになく受話器を強く握りしめた。電話の向こうは赤瀬常務であった。高校の二級先輩で、滝村とは特に深い信頼関係にあった。

船の現在位置と、そこに至るまでの経緯を滝村は説明した。

「そうか。とにかく全員無事で何よりだ……」

やや声を詰まらせながら常務はいったん言葉を区切り、あとは指示を与える上司の口調に変わった。その指示というのは、現在の停泊位置で待機するだけのことであった。

「了解しました」

滝村は返事をしてから、神戸の被害状況について情報が入っているかどうか尋ねた。

「運航管理者が港湾当局に問い合わせた結果によると、神戸港は貨物のコンテナ埠頭も含めて、ほぼ全滅だ……」

重い口調で常務は答えた。全滅という一言が、滝村の胸に鋭く突きささった。岸壁の縁がつぎつぎと海に向かって崩れ落ちる、先程のすさまじい光景が滝村の目に浮かんだ。

「とにかく電話回線の一本は必ず空けておくように。それから乗客に不安を与えないように随時適切な処置をとってくれ。君ならできるはずだ」

「分かりました」

「もうひとふんばりだ。じゃあな」

常務の電話はそれで切れた。もうひとふんばり、という言葉の意味が量りかねた。おそらく退職まで二ヵ月を切っていることを指しているのだろう。後任の船長には寺崎一等航海士の昇格が、すでに決まっていた。

それから一時間が過ぎた。神戸市街から立ち登る黒煙は、いつの間にか大きくなっていた。煙の数も、夜明けの頃と比べると増えている。その煙の群れを縫うように、晴れた上空では鳥が飛んでいる。いや鳥ではない。よく見るとヘリコプターであった。かすかな爆音がのんびりと耳に届く。さらに別の爆音が海上から近づいてきた。二機が先を争うように大阪方面から現われ、そのうち一機はコースをずらして「ほわいとくいーん2」の船上を通過した。バリバリと耳をつんざくプロペラ音に、滝村がウイングへ出て顔を上げると、後部に新聞社のマークが見えた。機はゆっくり旋回しながら市街中心部へ向けて進路を取った。小さく遠のいていく機影を、滝村は目で追った。その先には、娘の住むアパートがあるはずであった。

本社から二度目の連絡が入った。赤瀬常務によると、大阪港は被害がないとのことであった。いちばん望ましいのは、大阪南港のフェリー埠頭への入港であるが、現在多くの船が押しかけて混乱しており、とても許可が下りそうにないとの説明であった。

「あとは泉大津ぐらいだが、港湾事務所と電話が繋がらない。連絡がついて許可をもらうまで、現在位置で待機してくれ」

「了解しました」

泉大津港は阪九フェリーの母港であった。これまで入港したことはないが、設備の整ったいい港だと聞いている。

「今治は、どんな様子ですか？」滝村は尋ねた。

「こちらも大分揺れたが、被害は何も出ていない。その点は安心するように皆に伝えてくれ」

「分かりました」

「それから、社の方へ奥さんから電話があった——」

「………」

「全員無事であることは言っておいたが、一段落したら家にも電話するように」

「ありがとうございました」

小百合の件かも知れないと滝村は思った。常務の電話が切れると、テレビのボリュームを上げた。画面にはヘリからの中継映像が写し出されていた。しかし高度が高く、地上の様子は必ずしも鮮明ではなかった。カメラマンによる被害状況の説明も、今ひとつ要領を得ないものであった。

「ＪＲ大石駅付近の上空です。陸橋が道路の上に落ちています。車庫では電車が重なるように傾いています。空地では毛布を敷いて横になっている人がたくさんいます……」

馬鹿な、大石駅はＪＲではなく阪神電鉄だ——滝村は思わず舌打ちした。カメラマンのあわて振りだけがはっきり分かった。おそらく神戸の土地を知らない人間が、地図を片手に飛び乗ったのだろう。時折エンジンの金属音が声と画像を乱した。それでも被害の規模は予想をはるかに越えていた。

常務の電話から、さらに三〇分が過ぎた。もし泉大津に入港できないとなると、このまま今治へ引き返すほかはない。長い船員生活でこんなことは初めてであった。濃霧のために入港できず、沖合で時間待ちをしたことは何度かある。たいてい春先の早朝で、ひどい時には牛乳壜の中に閉じ込められたような視界ゼロの状態のまま、二時間余り停泊したこともあった。ひたすら風が出てくれるのを待った。風だけが頼りの帆船の船長になったような気分であった。乳白色の壁が薄らいで、ようやく今治の街並みのシルエットが姿を現わした時は、ほっとしたものである。

乗客の中から、どこの港に入るのかという問い合わせが滝村のところへポツポツ届くようになった。無理もない。地震の発生から、すでに三時間半が過ぎていた。乗客は誰もが客室のテレビに釘づけになっていた。被害の大きさが分かるにつれ、船は今後どこへ向かうのかという不安が募ってくる。

本社からは、その後中間連絡も入ってこなかった。泉大津港湾事務所とまだ電話が繋がっていないのは明らかだった。あわただしく動いている本社の様子が、滝村には手に取るように想像できた。運送会社からの問い合わせも相次いでいることだろう。それは今後の運航計画の見直しともからんでいる。

ＶＨＦ無線で阪九フェリーを呼び出せばいいのではないか、と滝村は考えた。阪九フェリーは「あかし」と「はりま」の二隻が動いている。この会社の事務所は泉大津港にあるのだから、当然フェリーと事務所とは常にラインが繋がっているはずだった。まずこのどちらかの船に連絡をつけ、その船から事務所と港湾当局へ連絡をとってもらえばいい。どうしてこんな簡単なことに気が付かなかったのか。滝村は心の中で舌打ちして野口を呼んだ。そして直ちに阪九フェリーを呼び出すよう指示した。

野口一等航海士は、ＶＨＦ無線通信装置の席に腰を下ろすと、すぐに呼び出しを開始した。昨夜は今治出港直後に二時間の仮眠をとっただけで、眼がいくぶん赤く見えた。最初に応答したのは「あかし」の方だった。この船は現在泉大津港沖に停泊しており、バースの点検が終り次第入港するとの返事であった。

午前十一時十一分、「ほわいとくぃーん２」は錨を上げた。大阪湾を斜めに突っ切って一路泉大津を目指す。海図はなかった。入港経験もなかったが不安は覚えなかった。乗客と車輌を無事に阪神地区に降ろす、という義務を果たすことだけが、滝村の頭の中を占めていた。入港許可を得て、すぐに本社に報告し乗客にも伝えた。今はそのこと以外は何も考えたくなかった。黒煙の立ち登る神戸の街を背にして、船は大海原へ出た。洋上は冬の陽をいっぱいに受けて輝き、あくまでも穏やかであった。

泉大津港で下船したのは、全車輌と乗客二四〇人のほとんどであった。結局三人だけが今治へ引き返すことになった。滝村は寺崎一等航海士と共に、阪九フェリーと港湾事務所へお礼に回った。もし震災がなければ、決して入港の機会などなかったに違いない。阪九フェリーの事務所では、実害がなかったのは不幸中の幸いだと、幹部たちが見舞いの声を掛けた。そして必要なものがあれば何なりと言ってほしいと気遣いをみせた。滝村は久しぶりに海の男の友情を感じた。それは貨物船時代から長い間忘れていた感情であった。海という容赦のない自然と闘って、初めて生まれる男同士の絆があった。波の穏やかな内海を走っている間に、ちょうど野性動物が人に飼われて本来の臭覚を忘れてしまうように、身体の中から失われていたものが、不意に呼び覚まされるのを感じた。それは地震による地殻の振動にも似ていた。平穏な日常にあっては、決して自覚することのない感情であった。

午後三時五分、泉大津港を出航した。これからもう一度神戸沖を通って、今治への帰路につく。

操舵室（ブリッジ）のテレビモニターには、地震の被害状況を知らせる画像が流れている。空から撮ったものので、中継するアナウンサーの声には悲愴感が漂っていた。

「現在、西宮市の上空です。阪神高速道路が倒れています。二百メートル、いや三百メートル以上あるでしょうか。四三号線の上り道路を塞いでいます。太いコンクリートの柱が根元からポッキリ折れて、鉄筋がむき出しになっています。下へ落ちたとみられるトラックが黒煙を上げて燃えています。道路の上にも取り残された車が何台も見えます。前の車輪だけが道路から食み出したバスも見えます。人の姿は全く見えません。運転手の方は、乗客の人は、大丈夫だったのでしょうか――」

予想をはるかに越える光景であった。高速道路の高架部分がバッタリと横倒しになるなど、誰が想像したことだろう。神戸でフェリーを下りたトラックや乗用車は、ほとんどが四三号線と、その上を走る阪神高速神戸線を通って大阪方面へ向かう。もし一〇分早く東神戸のフェリーターミナルへ入港していれば「ほわいとくぃーん2」の乗客も巻き添えになっていただろう。まさに紙一重の差であった。

思えば、明石海峡を通過中、関汽フェリーと横並びになった時、並走を避けるために、前へ出るか、後へ下がるか、滝村は一瞬迷った。冬には珍しい凪の夜だったから、こういう日ぐらいは早く入港したいという思いもあった。しかし指示を求める野口の目を見た時、なぜか考えが変わった。その理由は滝村自身も分からない。ただ「減速」の指示を出したあと、滝村の胸の奥にホッと安堵するような感覚が走ったのは確かであった。

テレビは地震に関するニュースが続いていた。警察庁の発表によると、正午現在で死者二百三人、負傷者七百十一人、行方不明者三百三十一人となっている。政府与党首脳連絡会議に出席していた村山首相は、死者数を示すメモを見て、「ええーッ」と声をあげて驚いたと、アナウンサーは伝えた。それは政府の現実認識の甘さを象徴するエピソードでもあった。

さらに神戸市長田区の病院倒壊のニュースをアナウンサーは伝えた。市立西市民病院で五階部分が押し潰され、三十七人が生き埋めになったという。不明者は患者ばかりでなく、看護婦も数人含まれている模様だが、現場は混乱しており、救出のメドは全く立っていない、とのことであった。

滝村は操舵室を離れ、客室ロビーに降りると、電話ボックスに入った。あたりは静まり返っており、船のエンジン音以外に聞こえるものはない。

ダイヤルすると、すぐに妻の京子が出た。

「あなた……」

待ちかねていたように一呼吸置くと、「小百合と連絡が取れないんです……」

「いつ電話したんだ？」

「朝七時に電話した時は、呼び出し音が鳴っているのに出なかったの。そのあと何回も電話したんだけど……。そのうちに回線が通じなくなってしまって。近所の人に公衆電話だと通じるからと教えてもらって、もう一度したら、やっぱり呼び出し音が聞こえるだけで……」

京子はそこまで説明すると急に黙り込んだ。

「病院じゃないのか」

「それは分かりません。病院も通じないんですもの」

「とにかく、向うからの連絡を待つんだ」

「あなた……小百合にもしものことがあったら……」

京子は今にも泣き出しそうな声を出した。

「馬鹿なことを言うな」

「でも……」

「アパートが潰れていれば、電話も不通になるじゃないか。呼び出し音が聞こえるということは、アパートも大丈夫だということだ」

そう言いながら、滝村は娘がどんなアパートに住んでいるのか知らないことに気付いた。一度も尋ねたことはない。ただ古い建物だと妻から聞いているだけであった。

「家具に挟まれて動けないってこともあるけど、小百合の部屋には、そんな大きな家具はないのよ。壁が倒れてきたのなら話は別だけど……」

「……」

「あなた、今どのあたりなの？」

「まもなく神戸沖だ……。今治入港は二三時頃になる」

「そんなに近くにいるのに、どうしようもできないのね……」

「何が言いたいんだ」

「いいえ、分かっているのよ。分かっているんだけど……」

京子の声が途切れ、低い嗚咽に変わった。

「無事を信じるんだ。電話を切るぞ。こうしている間にも、小百合から連絡が入るかも知れん」

「はい……」

「無事がわかったら、こちらにも電話をくれ。俺が出られなければ伝言でもいい」

「分かりました。そうします」

「じゃあな……」

受話器を置いてから、滝村はしばらくその場に佇んだ。小百合にもしものことがあったら……。いやそんなはずはない。あってたまるか。滝村は妄念を振り切り、右舷デッキに出た。冬の冷気がたちまち身を包んだ。午後になって少し波が高くなっている。だが視界は悪くない。神戸、阪神地区の海岸線が目の前にくっきりと姿を現わした。西宮、芦屋あたりはそれほど目立たないが、神戸の煙は以前より増えていた。特に西方面の炎上規模が大きくなっている。煙の林は東へと棚引いていた。雲は低く、黒い蠅のようなヘリコプターが、かすかに動いているのが確認できた。

釦の掛け違いが、いつから始まったのか――。滝村は先ほどの京子の言葉を思い出していた。

「分かっているのよ。分かっているんだけど……」

そう、京子は滝村の仕事を理解してくれていた。船乗りという仕事が持つ宿命を分かってくれていた。船長を拝命してからは、なおさらだった。家でテレビを見ていても、気象情報を最優先にチャンネルを合わせた。料理は夫の健康を第一に考えた。二人で旅行に出掛けたことはない。大勢の命を預かっているという思いが、いつも家庭の中にどっしりと腰を下ろしていた。仕事と日常生活の境目が見えなかったのである。京子は愚痴をこぼすことなく、そんな生活に耐えていた。一杯船主の血が京子の中に流れているせいか、と考えたこともある。なのに小百合は……。

小学校の低学年の頃から、すでに釦の掛け違いが始まっていたのだろうか。滝村は多忙な日々を思い出していた。日本の高度経済成長時代はもう終りかけていたが、それでもフェリーの車の積み残しが多く、会社で問題となっていた。特に八月のお盆や年末年始は、埠頭に溢れんばかりの車の列ができ、捌き切れない状態となった。会社では新造船の計画が持ち上がり、慌しく具体化していった。新造船は初代「ほわいとくぃーん」の五割増しの車輌積載が可能であった。さらに一般客室も効率を考えて、これまでのオープン方式をやめ、指定席制に改めるというものであった。初めて船内にエスカレーターを取り付けるなど、豪華さも売りものにした。社内には、社運を左右する巨額の投資に危惧する声も聞かれたが、結局ゴーサインが出た。そのプロジェクトチームに滝村も加わったのである。

小学校の運動会へ行けなかった。せっかくトップでゴールへ走り込んだのに、父親としてその姿を見てやることができなかった。いやそれはささいなことである。短大の家政科を出て、栄養士の資格を取りながら、看護学校へ行きたいと小百合が言った時、さすがに滝村は猛反対した。どうして、わざわざそんな大変な職業に就かねばならないのか。娘には少しでも楽をさせてやりたい。当然の親心である。尊い仕事であることは理解しながらも、娘の体力を考えると、看護婦はとても不釣合いに思えた。同じ病院で働くなら、どうして栄養士ではいけないのか。立派な専門職ではないか。だが小百合は意志を曲げなかった。働きながらでも養成学校へ行きます、と言い切ったのである。

父親に対する当てつけではないのか。思い過ごしであったかも知れない。が、滝村は少しずつそう考えるようになった。小百合との心の溝が日ごとに深くなるのを感じながら、何も手が打てなかった。決定的になったのは、彼氏に会ってほしいと打ち明けられた時である。神戸でアパートを借り、病院へ勤め始めて間がない頃であった。滝村と妻の戸惑いをよそに、会う日を迫られた。相手は十二歳も年上で、しかも収入の不安定なフリーライターだという。滝村は本能的に拒否したが、妻に説得され、しぶしぶ今治で会う約束をした。ところが前日になって、もう一人の船長が急病になり、ローテーションの変更により当日は滝村が乗船することに決まった。決して逃げた訳ではないが、小百合にはそのように解釈されたらしい。あの日以来、会話を失った。もう一年以上口を利いていないのである。

滝村は、ガランとした車輛甲板をゆっくり点検したあと、客室を回った。二等客室ではいちばん奥の隅に三人の姿があった。初老の夫婦らしい二人と学齢前の男の子であった。今治へ引き返す乗客は三人だけと報告を受けていたが、顔を見るのは初めてであった。

三人はテレビの前で身体を寄せ会うように座っていた。暖房は入っていたが、妙に寒々しい。

滝村が近づいていくと、夫婦は気づいて会釈した。

「今回は地震のために予定を狂わせてしまい、申し訳ありませんでした」

滝村が声を掛けると、

「いいえ、天災には誰も勝てませんから」

と婦人の方が笑顔で答えた。

「どちらまで行くつもりだったのですか？」

「神戸の長田です。娘が二人目の赤ちゃんを生むというので、会いに行くつもりが……」

「ほう、予定日は？」

「あさっての十九日でした」

「じゃあ、そろそろですね」

「いいえ、もう生まれたんです」

「えっ？」

横で黙って聞いていた夫も、ウンウンと頷くように笑顔を作った。

「お昼ごろ今治の家に電話を入れたら、神戸から連絡が入っていました。今朝グラッときて急に産気づき、十時前に生まれたと聞きました。三二八〇グラムの男の子でした」

「それはそれは……。でも、こんな大地震の中でよく無事に」

「断水で、産湯をさがすのも大変だったそうです。でも助産婦さんや皆さんのおかげで、本当に助かりました。産婦人科では床一面に薬や注射針が散乱して、足の踏み場もなかったのですが、分娩室だけはまっ先に看護婦さんが片づけて、間に合ったそうです。本当は会って元気な姿を見たかったのですが、電車も動いてないと聞き、諦めました」

つぎつぎと死者の数が膨らんでいる、その同じ時間に、新しい生命も誕生しているのだった。

滝村は不思議な感動にとらわれ、言葉もなく佇立していた。

「もしかして……この船の船長さんで？」

夫の方が急に口を開いた。

「はい、そうです」

返事をすると、夫はサッと脚を正座に組み直した。

「この度は、大変ご苦労さまでした。おかげで私たちも助かりました」と頭を下げた。

「うまい具合に偶然が重なって、最悪の事態は免がれました。乗客の皆さんも心配されたでしょうが……」

「いいえ偶然ではありません」

婦人の方が言葉を挟んだ。

「あの時、私はこの孫の手を引いて、デッキに立っていました。あんな恐ろしい体験をしたのは初めてです。目の前で岸壁や車が崩れ落ちたのですから。船長さんの機転がなければ、どうなっていたことか。それに上陸前のあの時間に地震が起きたのも、偶然というだけでは説明がつきません。どう言えばいいんでしょう。船や私たちを守るために、何か大きな力がはたらいたような……」

この時、通路の後で足音がした。女子乗務員だった。

「船長、お家からお電話がかかっています。ロビーのフロントに繋いでありますが」

「ありがとう、すぐ行く」

滝村は夫婦に会釈して、急ぎ足でロビーへ向かった。なぜか胸が高鳴るのを覚えた。受話器をしっかりと握ってから耳に当てた。

「あなた、小百合から電話がありました。つい先ほど……」

「そうか……」

「病院からでした」

「病院？　ケガをしているのか」

「何いってるの。小百合は看護婦よ。こんな時に病院に出るのは当り前でしょう」

「そうか、そうだったな……」

「停電で、水も出ないし、ケガ人がつぎつぎと搬ばれてくるし、大変らしいわ」

「……」

「実はね……」

「何だ」

京子が急に声を落としたので、滝村は受話器を右手に握り直した。左手は汗だらけだった。

「夕べ九時頃、小百合から電話があったの。一時間以上話したかしら……」

「何を」

「お父さんに済まないことをしたって」

「……」

「三日前に、救急車で重症の患者が搬ばれてきて、初めて手術のお手伝いをしたんだって。ほんの使い走りだけど。その時、先生たちの患者の命を助けようという真剣さに、感動したんですって。手術は延々五時間も掛かったのだけど、その夜、人の命の重さということを考えたと言うの。そして、きっとお父さんも人の命を沢山預かっている重圧に、ひとりでずっと耐えてきたんだろうなって」

「……」

「それに気が付かず、わがままばかり言って悪かったたって……。夕べそんな電話があって、けさの地震でしょう。何か虫が知らせたのじゃないかと、そればかりが気になって不安で仕方がなかったの。でもとにかく無事でよかった……」

「話は分かった……」

滝村は、気持に区切りをつけるように大きく息を吸い込んだ。

「あなた、今夜は家に帰れるの？」

「いや。今後の対策会議がある。船に泊まるつもりだ」

「下着は？」

「必要なら電話する」

「分かりました。じゃあ気をつけて」

電話を切ると、滝村はもう一度右舷デッキに出た。目の前に神戸の街があった。ここまで近づくと黒煙ばかりでなく、炎までがチラチラと見える。まだ午後四時を回ったばかりなのに、冬の陽は西へ傾き、無気味なほど赤みを帯びた光が傷だらけの建物群を浮かび上がらせている。

考えてみると、滝村は、この二十五年間、神戸の開発工事をずっと海から眺めてきた。蟻の列のような土砂を運ぶ船を見続けてきた。家島諸島の山の形までがすっかり変わった。海の中に、ポートアイランド、六甲アイランドと巨大な街がつぎつぎと出現し、煌びやかな国際都市の衣裳を重ねてきた。けさの地震は、そんな人間の驕りに対する、自然のささやかな警告ではないのか。とは言え、市民には何の罪もない。あの煙の下では、倒壊した多くの建物の中では、今も命のせめぎあいが続いている――。

（小百合、頼むぞ！　ひとりでも多くの人の命を助けてあげてくれ！）

冷たい潮風に頰を引きつらせながら、滝村は心の中でそう叫んでいた。

落ちた偶像

平林卓造は今年八十三歳になる。大阪の高級住宅街といわれる帝塚山の大通りに面した一角に洋風の居を構え、妻の久江と二人で暮らしている。久江は趣味の絵手紙や句会などのお付き合いで外出することが多いが、通いのお手伝いさんがいるので、食事や掃除など家事の心配はいらない。

卓造夫婦には子供がいない。もしいれば、曾孫が生まれていてもおかしくない年齢であるが、恵まれなかった。これまで順風満帆といわなくても、まずまずの平穏な人生を過ごしてきただけに、広い邸内に幼児の声が響き渡ることのないのは、寂しい話である。

卓造は二階の自室で黒皮の安楽椅子に身をゆだね、目を閉じていた。

午前中は朝のテレビニュースを見てから新聞の株式欄や業界誌に目を通すが、午後は夕刊が届くまで何もすることがない。ただぼんやりと半日を過ごすことが多かった。三時には郵便配達のバイクの音が聞こえるが、届くものといえば請求書やＤＭばかりで、それもたいてい久江宛のものであった。愛車は五年ほど前に売却し、運転免許証も返却した。以来、外出することもめっきり少なくなった。

卓造には若いころから鉄道関係のコレクションという趣味があり、邸内の一室を専用にして博物館風に展示してあった。それらの中には、今では幻のＳＬといわれる蒸気機関車のプレートや、電化される前に東海道本線を走っていた特急「つばめ」の円形ヘッドプレートなどマニアにとっては垂涎の的となる貴重な名品も含まれていた。この円形プレートは三十年ほど前、年一回の鉄道オークションで卓造が競り落としたものである。列車の先頭で長年風雨に晒されたため、塗料の一部が剥げ落ち傷だらけであるが、それが本物の証しでもあった。かつては噂を聞いて遠くから見学に訪れるマニアも少なくなかったが、今ではそれも昔話になってしまった。

卓造は東京の私大を出て大手電機メーカーに入り、常務取締役を最後に退社した。学友の中には特攻隊で戦死した者もいて、かれ自身も学徒出陣し姫路の連隊に入隊したが、まもなく終戦を迎えた。戦後の混乱期を何とか乗り切り、メーカーに入社してからは順調であった。総務畑が中心で、技術開発や販売といった花形の分野とは一線を画していたが、それでも経理部門での資金調達や全国に展開する新工場の建設など、会社の成長に寄与し企業人としては充実した半生だったと思っている。

ただそういった学友や、かつての同僚との交流も最近はめっきり減り、すでに鬼籍に入った者も少なくない。葬儀に参列して宴席になると、次は誰の番だなどという話題になる。愉快な話ではないが、自分がそういう年齢に達したのだとつくづく思う。

目を閉じてぼんやりしていると、頭に浮かぶのは自分が幼いころの記憶であり、優しかった父のことである。歳を取れば取るほど遠い昔の記憶が鮮明になってくるのは、どういうわけであろうか。

父は卓造が八歳のとき、出張中のイタリアで病死したので、思い出はそれほど多くない。中折れ帽子と三つ揃えの背広がよく似合った人で、卓造にとって父のイメージは、いつまでも変わらぬ青年紳士であった。

卓造の父・平林英之助は和歌山県に近い泉南地方、今の岸和田市の郊外で大地主の次男として生まれた。兄は旧制中学を出て家督を継いだが、英之助は成績が優秀で、一高、東京帝大というコースを歩み、外務省へ入った。将来を嘱望され、村の人々にとっても平林家にとっても希望の星であった。

はじめ外務省の関西総局に勤務したので、兄の市太郎は弟のために大阪に家を新築した。いつどこへ転勤するのか分からないからと英之助は固辞したが、兄は手際よく土地を見つけ腕のいい業者を手配した。

住まいができれば、次は結婚相手である。これも兄が動いて当時では珍しい女子大出の才媛を見つけ、早速見合いをさせた。経歴に似合わず家庭的な人で、英之助はすぐに承諾し式を挙げた。卓造が生まれたのは、その一年後で、大正十三年の秋であった。卓造の母はユリ子といった。ただユリ子は産後の体調が優れず、実家の母親を呼んで家事を任せた。

その祖母の背中に抱かれて、大阪駅まで汽車を見に行ったことを卓造はよく覚えている。大正時代の大阪駅舎は、巨大化した現代からは想像できないほど簡素で、改札口に続いてすぐにプラットホームがあった。轟音とともに蒸気機関車が黒煙を上げながらホームに滑り込んでくると、卓造は「きゃっきゃっ」と叫びながら喜んだという。それ以来、祖母は卓造にせがまれ、何度も駅まで往復することになった。

今でも何の脈絡もなく機関車の蒸気を噴出する音、煤煙の匂いや、改札口を開閉する蝶番の軋む音などが卓造の耳底に蘇ることがある。そしてそれらにつながるのは、汽車の絵本であり玄関の父の姿であった。

夜帰宅した父を出迎えると、父は中折れ帽の先を指で挟み、卓造の坊主頭にちょこんと乗せ、土産の菓子箱を渡してくれたものである。卓造は目の前が半分以上見えないのに、その格好のまま家中を走り回り、もう一度玄関に戻って背をいっぱいに伸ばし帽子を傘立てに掛けるのであった。帽子の温かさと匂いを忘れることができない。それは幸せの証しでもあった。夏はしゃきっとした白麻の背広とパナマ帽、冬は襟にラッコの毛皮のついたトンビ（二重回し）という外套に、ソフト帽が父の定番であった。

　やがて父は東京の本省へ転勤となる。

するど単身で官舎に入り、大阪の自宅には月に一度しか帰れなくなった。引越しの話も出たが、近く在外公館勤務になる予定が浮上しご破算になった。

　しかし海外への勤務はなく、本省勤務が二年間続いた。

　それからまもなく、父はイギリス大使に随行し渡英した。勤務はロンドンの日本大使館で、滞在は一年であった。

　父が帰朝したのは、満州事変が勃発する前年の昭和五年であった。長い船旅で疲れてはいたが、本省への挨拶もそこそこに夜行列車に飛び乗り、朝大阪へ着いた。

　卓造への土産は、精巧なスチール製の蒸気機関車のモデルであった。塗装はしておらず、それだけに宝石のような光沢があった。置物なので動きはしなかったが線路に乗っており、手に持つとずっしりと重い。正面のプレートにはカースルと英語で書かれ、後部の炭水車には３０１という数字が刻まれていた。

「ええか卓坊、この機関車はなあ、日本に一台しかないのや。世界でも三百台しかあらへん。これを見てみ、この数字が製造番号や」

得意げな父の表情に、うっすらと髭が伸びていたのを卓造はよく覚えている。普段は見せることのない顔であった。動かないのが不満だったが、その輝きから高価な機関車であることは卓造にも理解できた。あとになって母から聞いた話だが、この機関車の購入は予約制で、すでに先客があったのに、特別に譲ってもらったという。母は、卓造には国産のブリキの機関車で十分ですよ、と言ったが、父は、そのうちに値打ちが分かるようになる、と答えた。

確かにそのお土産は、子供にはふさわしくない値打ち物であった。モデルとなった蒸気機関車はカースル（城）型と呼ばれ、イギリス本土で一九二〇年代に活躍した最新鋭のＳＬであった。その名の通り、城のような重厚性と優美さ備え、しかも最高時速は九〇マイル（一四四キロ）という驚異的な記録を持っていた。スチーム・カントリー社では、その設計原図を基にして、五十分の一のスケールで五〇〇を超える部品を製作し、本物を組み立てる工程を踏襲して作られるという。つまりハンダ付けは一切使用せず、リベットとネジだけで組み立てられるのである。多くの部品を生み出す金型作りから完成までは長い時間がかかる。特に組み立てには熟練の技術を要するため、年に二十台が製作の限度だという。日本では大正時代にＳＬの国産化が始まったので、このカースル型の現物が輸入されることはなく、日本人にとっては未知の名機関車であった。

英之助は業者を呼んで特注のガラスケースを作らせ、その中に機関車を収めた。そして夜になって卓造が眠ると、一人でこのモデルを眺めることが多かったという。そのとき、英之助が何を考えていたのか、ユリ子にも分からなかった。家庭では仕事の話をしない人だったので、たぶんロンドンを懐かしんでいたのだろう、と思った。

翌年の昭和六年、英之助にイタリアの日本大使館勤務の辞令が下った。役職は三等書記官であった。今回も単身赴任であったが、ローマに着いてまもなく体調の不良を訴え、すぐに入院した。診断の結果、末期の膵臓癌であることが判明した。英之助はミラノの外科病院へ搬送され、ドイツ医師の手術を受けたが、すでに他の臓器に転移しており、手術は中止された。医師は大使館員を呼び、余命一ヵ月と伝えた。

東京の外務省から「エイノスケキトク」の電報を受け取ったユリ子は、気が動転して、そのまま寝込んでしまった。祖母が郵便局へ走り、同じ電文を市太郎へ打った。その夜のうちに市太郎が到着し、相談の結果、かれがミラノへ行くことになった。おりしも高速の駆逐艦「初風」が親善のためイタリアのナポリを訪れることになっていたが、すでに呉を出港した後であった。

市太郎が外務省に問い合わせると、海路ナホトカまで行き、ウラジオストックからシベリヤ鉄道に乗り、ウクライナで黒海を船で渡って、トルコからオリエント急行に乗り換えるのが一番早いとのことであった。市太郎は準備も不十分なまま神戸から出航した。

ミラノの病院に着いたとき、すでに意識が混濁していた。そして三日の後、英之助は息を引き取った。現地で荼毘に付し、遺骨と遺品を持って市太郎は帰国した。

この年、満州事変が勃発した。以後、松岡洋右外相によって日独伊三国防共協定が締結され、国際連盟からの脱退、日華事変と日本は戦争への道を突き進んでいくことになる。

卓造は父亡き後も市太郎から援助を受け、大学生となった。今度は自分が期待される番だと思った。何かにつけ父と比較されるのは辛かったが、これも仕方のないことであった。

市太郎は時おり上京し、日暮里にある卓造の下宿を訪ねた。そして銀座に連れ出すとレストランに入りご馳走した。しかし時節柄か英国風レストランは次第に姿を消し、いつの間にかドイツ風、あるいはイタリア料理店に衣替えしていた。

ある日のこと、馴れないフォークやナイフを使いながら、市太郎は英之助の臨終の話をした。それは卓造にとっても、初めて聞く内容であった。店の壁には長靴の形をした多色刷りのイタリア絵地図や三色国旗が貼られていた。

「わしがミラノの病院に着いたとき、意識がもう朦朧としとったんや。それでも大声を掛けたら、わしが来たことは分かったらしい。蚊の鳴くような声で、兄さん、すみません、とゆうて少し目をあけたけど、すぐに昏睡状態に入った」

「それが最期だったんですか？」

「いや、そうやない。それから一日経って、一度だけ意識が戻ったんや。わしが隣の部屋で仮眠しとったら、大使館の人が呼びに来て、あわててベッドの横へ行ったら、英之助の口が動いとる。何や？　何が言いたいのや？　ゆうて耳を口に近づけたら、ネギシ、ネギシと聞こえた。それが本当の最期やった。また昏睡状態に陥って、そのまま死んでしもうた」

市太郎は当時を思い出したように、ハンカチを出して目を押さえた。

「何のことか未だに分からん。後で聴いたけど、外務省に根岸という名前の人はおらんし、わしの村にもおらん。学生時代の友達かも知れんけど、これまで聞いたことがないしなあ………」

「もしかしたら人の名前じゃなくて、地名ではないですか」

卓造は言った。

「地名？」

「はい。東京に根岸というところがありますよ。確か俳人の正岡子規も住んでいたはずです」

「仮に地名として、その根岸がいったいどないしたと言いたかったんやろか」

市太郎は不機嫌そうな表情で言った。

「いや、それは僕にも分かりません。父は東京の話をほとんどしませんでしたから」

この話はそれで打ち切りとなった。数日後、卓造は母に手紙を書き、根岸という人か土地に心当たりがないかどうか尋ねた。まもなく葉書が届いたが、「聞いたことがありません」という返事であった。

市太郎が死んだのは、昭和二十八年の暮れであった。戦後の農地改革で田畑のほとんどを手放し、失意の中で病床に着いた。死ぬ前年に卓造が見舞いに行くと、意外に元気そうで会話が弾んだ。

「電器屋さんは、いつまでもラジオや電球ばかり作っとったらいかん。これからはテレビジョンの時代や。それも一家に一台の時代が必ず来る。戦後の復興は君らの世代に掛っとる。君にも頑張ってもらわんといかんなあ」

テレビの試験放送が始まっていたころで、市太郎は、卓造の将来が前途洋々であるかのような口振りで話した。だが別れ際になると、急にしんみりした口調になり、天井の一角を見つめながら、

「英之助の最期の言葉、とうとう意味が分からずじまいやったなあ………」

と言った。

「もういいじゃありませんか伯父さん。おそらく、どちらでもいいような、ごく些細なことだったと思います」

「うんうん、君の言うとおりかも知れん。人間あの世に行くときは、現実と妄想が一緒くたになって頭が正常には働かんはずや」

市太郎と会ったのは、この日が最後であった。没落したとはいえ、村での葬儀は盛大で、かつての素封家である平林家の力を改めて見せられたような気がした。

卓造にとって今でも痛恨の思いが消えないのは、昭和二十年三月十三日の大阪大空襲であった。一夜にして家屋はもちろん、父の遺品すべてを失ってしまったのである。それらの中には、英国土産の機関車カースルのモデルがあった。

父が愛用したモンブランの万年筆や中折れ帽子、背広やネクタイ、皮製のスーツケースなども惜しまれるが、これらは時間の経過とともに薄らいでいった。反対に愛惜の念が強くなったのが、機関車のモデルである。

「ええか卓坊、これはなあ、日本に一台しかない機関車なんやで」

父の声と、薄っすらと伸びた髭が、どこまでも卓造を追ってくる。最近も夜中に夢を見て、久江に起こされることさえあった。

残暑の厳しい九月、軍服のまま大阪に戻ると、卓造は自宅の焼け跡で一日真っ黒になってモデルを探したが、ついにその残骸さえも見つからなかった。当時は戦争で親を失った浮浪児たちが鉄や銅のくずを集めて業者に売ることが多く、すでに拾われた可能性があった。

本格的な空襲が近いことは母のユリ子にも分かっていた。昭和十九年秋から大阪でも局地的な爆弾の投下は始まっていたのである。電柱や家の壁に「空襲必至」と書かれたビラが貼られていた。だが男手がないだけに、ついつい荷物の疎開を日伸ばしにしていた。市太郎からは統制下にあったトラックを何とか工面して差し向けるという話もあったが、ガソリン一滴は血の一滴といわれた時代であり、近所の手前、辞退したのである。

戦後しばらくして卓造が鉄道オークションに参加するようになったきっかけは、あれと同じモデルを何とか手に入れたいという執念からであった。だがいくら回数を重ねても、同じカースル型のモデルが競売の場に姿を見せることはなかった。大阪の鉄道模型愛好会の展示会にも何度か顔を出したが、やはり無駄足であった。

昭和四十年ころになって、事情を知っている会社の同僚が、広告を出してみたらどうか、と提案した。なるほど、そういう方法もあると卓造は思った。広告は商店や企業が出すものと思い込んでいたが、個人でも出せるのである。そこで宣伝部に電話して広告代理店を紹介してもらった。

実は幸いにもモデルの白黒写真が一枚だけ残っていた。これは父の英之助が撮影したもので、市太郎の家に保存されていたのである。この写真を使って鉄道模型の雑誌三誌に掲載することにした。

だが数ヵ月過ぎても何の反応もなかった。念のため雑誌の編集部へ電話を入れてみたが、連絡は皆無とのことであった。卓造は落胆した。やはり国内には存在しないのだと思った。

同じころ、「イギリス鉄道史」という書籍を手に入れ、ページをめくってみると、カースルと同じ型の実物写真があった。それは車体全体が緑色と金色に塗装され、一部が真鍮のまま剥き出しになっていた。細部をルーペで覗いてみても、ミニチュアモデルとそっくりであった。スチーム・カントリー社はどうしてこの型をモデルに選んで製作したのだろうか。おそらく歴史的価値が高いだけではあるまい。むしろ視覚的価値にウエイトを置いたのだと卓造は思った。それほど美しい車体であった。蒸気機関車は現代に近づくほど大型化し動輪の数が増え直径も長くなる。出力やスピードは増すが、外観は均一化し美術的価値は失われていく。そう考えれば考えるほど、卓造はこのカースル型と同じモデルをもう一度手に入れたいという気持ちが高ぶるのであった。だが入手の方法は見つからなかった。

広告を出して十年ばかり過ぎたころ、鉄道模型愛好会の展示場で知り合った人物から電話があった。外国の鉄道模型に詳しい人が大阪へ来ているので会ってみないか、という連絡であった。卓造は大阪駅前のホテルのロビーで会うことにした。その人は白髪の大学教授のような風貌で、黙って卓造の話を聞くと、次のように語り始めた。

カースル型の蒸気機関車は急行列車専用として当時の技術の粋を集めて開発されたもので、イギリス人の誇りとされている。スチーム・カントリー社は気位が高く東洋人への偏見が強い工房で、大戦末期の一九四四年に閉鎖した。私も跡地を訪ねたことがあるが特定できなかった。イギリスは敵国だったし、あの工房の優れたモデルが日本に入っていることは考えられない。あなたの父上が購入できたのも、外交官という特権を上手に利用したからではないか。おそらく国内には存在していないと思うが可能性がゼロとは断定できない。あなたが鉄道模型雑誌に広告を出したのは失敗だった。あのモデルは美術品の部類だから、広告を出すのなら美術雑誌にしなくてはならない、という内容であった。

帰りの車のなかで、やはり諦めたほうがいいと卓造は思った。工房が閉鎖されて、すでに四十年が過ぎていた。カースル型のモデルはやはり父から贈られた一台だけで、日本には存在していないのだと確信した。

あの老人と会った日から二十年が経った。あのとき諦めたはずなのに、こうして黒皮の安楽椅子で半日ぼんやりしていると、またモデルのことを頭に思い浮かべてしまう。困ったものだと卓造は溜息をついた。

電話が鳴った。ドアが開いて久江が顔をだした。

「あなた、飯田さんからですよ」

「誰や、飯田って？」

「大学時代のお友達じゃありませんか。しっかりしてくださいよ、あなた」

「ああ、あいつか」

年賀状は毎年くれるが、電話は珍しい。もう三年ばかり話をしていない。

「おい平林、生きとったか?」

「飯田か、ちゃんと生きとりまっせ」

「そりゃあよかった。それで、例の機関車、見つかったのか」

「いや、まだ見つからん。もう諦めたよ」

「そうか、いや、その件でお前さんに話があるのや」

飯田の用件はこうだった。末の息子が来月から半年ほどの予定で渡英することになった。息子はR大学の准教授で、専門は中世の水上交通史である。そこで、ついでにというと失礼だが、スチーム・カントリー社について調査してきてもよい、というのであった。

「どうだ、息子の申し出に甘えてみたら」

「うん、それはありがたいが……」

卓造は口を濁した。今さら調査したところで何か出てくるとは思えなかった。

「折角やけど、俺はもう諦めたんや」

「それはいかん、お前さんの機関車の話は昔から有名だよ。それじゃあ死んでも死にきれんぞ。第一、親父さんの供養ができんじゃないか」

「痛いところを突くなあ。それを言われると俺も弱いよ」

「だろう? 息子は現地の図書館や博物館へ行って、調査するのが商売だ。まあここは専門家に任せてみろよ」

「うん、じゃあ頼んでみるか」

「何も心配するな。結果が出たらまた連絡するよ」

電話はそれで切れた。卓造は再び安楽椅子に身をゆだねた。

それから三ヵ月が過ぎた。飯田から電話が入ったのは午後十一時を回っていた。

「夜中にすまん。時差の関係でな。いま息子から国際電話が入ったので、判明したことだけ伝えておくよ」

飯田の説明はこうだった。スチーム・カントリー社は六十年ほど前に閉鎖していたが、その資料を管理している孫に会うことができた。閉鎖時に残っていた同じ型のモデルは一台のみで、それは国立ヨーク交通博物館に寄贈された。博物館へ行ったが非公開で見ることができなかった。孫の資料の中からモデルの販売者リストが見つかったが、住所が明記されていないため追跡調査は絶望的とのこと。販売者リストは全部チェックした。その中で日本人らしい名前は一人だけだった。

「その一人というのが、お前さんの親父さんだ。そこのページだけコピーさせてもらったから、ファックスで送ると言っている。着いたらそっちへ郵送するよ」

「それはすまん」

「いろいろ偉そうなことを言ったけど、成果は上がらんかった。勘弁しろよ平林」

「なあに、半世紀以上昔の話や。無理もないよ。息子さんはよくやってくれたと思うよ」

それから二日経ち、飯田から封書が届いた。中味はA5サイズに書かれた氏名リストだった。その中ほどに英之助の名を見つけたとき、卓造はわが目を疑った。

E、Hirabayashi　301　302

このリストでは父がモデルを二台購入したことになっている。これはどのように解釈すればよいのか。二台目はイギリスに置いてきたのか、それとも日本へ持ち帰ったのか。

おそらくお土産として誰かに贈呈したのであろう。もしかすると外務省のお偉方かも知れない。当時の事務次官か局長級の誰かであろう。父が卓造に何も話さなかったのは、あくまで仕事の範疇であり、自分の出世に関わることだったからに違いない。

もしかすると302と対面できるかも知れない、と卓造は思った。受け取った本人はすでに故人になっているだろうが、その子孫が保管しているだろう。少なくとも国内に一台存在している可能性が出てきたのである。さほど期待していなかった飯田の申し出は、卓造を急に勇気づけることになった。

広告代理店に電話し、美術雑誌のリストを持って来るように依頼した。営業マンがすぐにやって来て、月刊、季刊併せて八誌ありますがどうされますか、と尋ねた。卓造は全誌に掲載するよう指示した。さらに建築雑誌も追加した。

それから三ヵ月が過ぎた。

諦め始めたころ、卓上の電話が鳴った。「季刊近代建築」の編集部からであった。

「実は、出された広告と同じ機関車のモデルを見たという方がいまして、こちらに電話が入りました」

「その方のお名前は?」

卓造は努めて冷静に尋ねた。

「都内の設計事務所にお勤めの若い感じの方で、一ノ瀬洋介。ケータイの番号を聞いておりますので、直接掛けてみてください」

十一桁の番号をプッシュすると若い声が出た。

「一ノ瀬さんですか?」

「そうです」

「302の機関車の広告を出しました平林と申します」

「はい」

「早速ですが、あの写真と同じモデルをどこでご覧になりましたか?」

「祖父の家です」

「おじいさまの?」

「はい、父方の祖父で家は新潟にあります」

「ご覧になったのはいつごろですか?」

「ぼくが中学生のころですから、今から十二、三年前のことです」

「そのときの状況を教えていただけますか」

「いいですよ。祖父の家で遊んでいて、納屋の奥からあのSLを発見したのです。古い新聞紙に包まれていて、ずっしりと重く、最初は何か分からなかったのですが、紐を解いてみると、きれいなモデルが出てきました。驚きました。英語で城と描かれていましたが、アメリカ製ではなくイギリス製だと思いましたね」

「それは、どうしてですか?」

「アメリカのSLなら前に牛よけのガードが付いているはずなのに、それがない。ほら、明治時代にアメリカから輸入した義経や弁慶はみんな牛よけのスカートを履いていました。それに、そのモデルは優雅で繊細で直感的にイギリスの伝統のようなものを感じました」

「なかなかお詳しいですね」

「ぼくもＳＬが好きですから」

「それで、その後どうされましたか？」

「すぐ祖父のところへ持って行って、これをぼくに下さいと言ったんです。ところが祖父は急に怒り出して、これはいかんと怒鳴ったので、びっくりしました」

「なぜでしょう？」

「ぼくにも分かりません。祖父はそのモデルを包み直して、元の納戸へ片付けました。そしてそれ以後モデルについては何も話しませんでした」

「失礼ですが、おじいさまのお名前は？」

「一ノ瀬忠雄。十年ほど前に亡くなりました」

「……それはお気の毒です。機関車のモデルはまだ新潟のお家にありますか？」

「ぼくには分かりません。もし詳しいお話をお聞きしたいのでしたら、直接、祖母にコンタクトを取ってください」

「私からお電話してよろしいでしょうか」

「いいと思いますよ。祖母も一人暮らしで退屈しているはずですから。ただ少し頑固な面がありますけど」

一ノ瀬洋介は新潟県にある実家の電話番号と住所を教えてくれた。卓造はメモ帳に書き込むと、すぐにコールした。

　長い呼び出し音が何度も繰り返された後、ようやく受話器が上がった。

「私、大阪に住んでおります平林と申します」

「はい」

　卓造は電話の用件を説明し、機関車のモデルがまだあるかどうか尋ねた。

「いいえ、あれは処分しました」

「処分？　それはどこかの古美術商にでも売ったということでしょうか」

「それについては申し上げられません」

　一ノ瀬夫人はしっかりした口調で応えた。卓造は一瞬たじろいだが、言葉を続けた。

「では、もう一点だけ教えてください。ご主人はいつごろ、どなたからあのモデルを手に入れられたのでしょう」

「それについてもお答えできません」

「はあ………」

「私は、あなた様について何も知りませんし、お答えする義務はないと思いますが」

「ごもっともです。ただ私は決して怪しい者ではありません。鉄道模型のコレクションを趣味にしておりまして、しかもご主人がお持ちのモデルはイギリスの国立ヨーク交通博物館が所蔵しているほどの歴史的価値が高い物なのです。それで」

「そのような難しいお話をされても困ります」

一ノ瀬夫人は言葉を遮った。

「とにかく主人は十年前に死んでおりますし、あの機関車は家にはありません。それだけ申し上げておきます」

「はあ……」

卓造は言葉を失った。短い沈黙が、戦後六十年の歳月のように恐ろしく長く感じられた。たった一本の細い糸が今にもプツンと切れそうだった。そのとき父・英之助の顔が一瞬卓造の胸に浮かんだ。

「それでは、こうしましょう。厚かましいお願いですが、お宅にお伺いします。あなた様が私の顔をご覧になって、もし信用していただければ、先ほどのお話をなさってください。信用していただけなければ、すぐに帰ります。いかがでしょうか一ノ瀬さん」

「うちは新潟ですよ」

「存知上げております」

「ご期待に添えないことをお覚悟の上でお越しになるのでしたら、来ていただいても結構です」

「はい。ではお邪魔する前日にもう一度お電話いたしますので、よろしくお願いします」

卓造は電話を切った。そしてカーディガンを羽織ると近所の書店に出掛けた。時刻表の最新号を買うためであった。現役時代の出張では時間の効率を考え飛行機を多用したが、歳を取ると鉄道のほうが落ち着いてよいと思った。

久江は卓造の新潟行きを反対した。このところ少し血圧が高かったので一人旅に危惧を抱いたのである。といって同伴することもできなかった。久江はちょうど年三回発行している俳句雑誌『口縄坂』の編集委員に選ばれていた。俳句などの短詩型は一字の誤植があっても作品が致命的になる。校正係は五人いたが久江だけが抜けるわけにはいかなかった。編集作業は追い込みに入っていた。久江は一週間だけ待つように言ったが、卓造は聞き入れなかった。一日でも行くのが遅れれば、あのカースル型のモデルが自分の手から遠くへ離れていくように思った。

一ノ瀬夫人から聞いた住所は、新潟県刈羽郡刈羽村大字毛馬である。卓造は時刻表の鉄道地図を指で追った。京都から湖西線に乗り、北陸本線、信越本線と乗り継ぎ、さらに柏崎で越後線に乗り換えると、たしかに四つ目の停車駅に刈羽駅があった。海岸線に近い駅である。この駅からタクシーで二十分程だという。卓造は駅前のビジネスホテルに予約を入れた。夕方チェックインして翌朝訪ねるつもりだった。

「五月は紫外線が一番強いのですから、帽子は必ずかぶってくださいよ。それから傘も忘れずに」

久江はあれこれ細かい注意をして卓造を送り出した。

玄関で卓造を出迎えた一ノ瀬夫人は、齢七十位、肌はつややかで元気そうだった。久しぶりの来客であったかも知れない。服装も小ざっぱりして両手を揃え丁寧に頭を下げた。電話でのやや高圧的な印象とは違っていたので、卓造は少し安堵した。

「これは、ほんのお口汚しですが………」

阪神百貨店で買った神戸名産のゴーフルを差し出すと、夫人はまた頭を下げた。

「いまは一年で一番いい季節ですが、冬場はこの辺りは大変でしょう」

「はい、何分豪雪地帯ですから、毎年雪下ろしが大変です」

「ご自分で雪下ろしをされるのですか？」

「いいえ、ご近所の方に頼んでいます」

「そうでしょうね」

卓造は早く本題に入りたかったが、きっかけが掴めなかった。焦ってはいけないと思った。

「あの機関車の件ですが」

突然、夫人が話を切り出した。

「はい」

卓造は無意識に姿勢を正した。

「海へ捨てました」

「はあ？」

「私ではありません。主人が海へ捨てたのです」

夫人は真剣な表情で答えた。自分には責任がないと言いたげであった。卓造は絶句した。

「やはり、お電話で申し上げた方がよかったのでしょうか」

声を落とし、夫人は済まなさそうに言った。

「捨てたのはいつですか？」

「主人が死ぬ一年前のことです。ある日のこと、古いボストンバッグにあの機関車を入れ、庭の小石を詰め込んで、漁師さんに船に乗せてもらい、沖へ出て、バッグごと沈めてきたと言うのです。私も驚きましたが、何も言えませんでした」

「なぜ、ご主人はそんなことをされたのでしょう？」

「それはあなた、機関車にいい思い出がないからですよ」

「と言いますと？」

「はあ、やはりお話しなければなりませんかねえ」

夫人は口を濁した。

「ぜひお願いします」

「口外しないとお約束していただけますか？」

「勿論です」

「主人には息子が三人いまして、それぞれが世間で立派に活躍しています。孫も五人います。その家族には絶対に知られたくない内容なのです。ああ申し遅れましたが、私は彼らの実の母親ではなく主人にとって後妻なのです」

「お約束しましょう。口外は一切いたしません」

夫人は視線を膝の上に落とし、しばらく逡巡してから喋り始めた。

「二十年前のことですが、主人と二人で北海道旅行をしました。一番下の息子が結婚して肩の荷がおりたばかりでした。その日はアイヌの民族舞踊を見てから、鄙びた温泉旅館に泊まりました。主人は普段はあまり飲めないのに、その夜はどういう訳かよく飲みました。私もお相伴しました。そして突然こんなことを言い出したのです。俺の母親は芸者で、俺は二号の子だ、と」

「………」

「昔でいうところの、おめかけさんの子だったんです。母親というのは隣村の農家の娘さんで器量が良く、十六のとき東京へ出て芸者になったということです。そのうち新橋の料亭で外務省のお役人の一人と仲良くなり、家を一軒持たせてもらったのです。まだ若いのに金回りのいいお役人だったそうです。そのころ新橋といえば高級官僚、赤坂といえば軍人さんが宴会を開く場所として有名だったそうです。そして生まれたのが主人でした。生まれた借家は東京の根岸にあったということです」

「根岸？………」

「はい、……何か？」

「いいえ、どうぞ続けてください」

「あの機関車は父親の英国土産だったのです。何でも日本に一台しかない貴重な模型だと母親に説明したそうです。それまでは良かったのですが、今度はイタリアへ赴任することになり、一年分の家賃と生活費を受け取りました。ところが一年過ぎても、二年経っても父親は家に帰らず、一本の手紙も届きません。日本に戻っているのかどうかも不明でした。そこで母親は思い余って外務省に電話を入れましたが、そんな男はいないという返事でした。母親は捨てられた捨てられたと言って泣いたそうです。そのうちに生活も出来なくなり、再び芸者に戻りお座敷に出るようになったようです」

夫人は、そこで小さなため息をついた。

「成程、それでは機関車のモデルにいい思い出があるはずもないですね」

「まだ続きがあります。母親は三階建ての料亭から身を投げて自殺したのです」

「えっ？」

「その夜は外務省の宴会でした。松岡なんとかという大臣の帰朝祝いだとかで大賑わいの、その最中に飛び降りたのです。主人に言わせれば、外務省のお偉方に対する当て付けだったと……」

「それはお気の毒です」

「ですから主人は田舎の祖母や伯母に育てられました。これで私の話は終わりです」

「ひとつだけお伺いします。ご主人の父親という人のお名前は？」

「聞いておりません。主人はわざと言わなかったと思います。今の話が子供たちに知られることより、むしろ父親の本宅の関係者の耳に入ることを恐れたのだと思います」

「よく分かります……。それでは失礼する前に、ご主人のお位牌にお線香をあげさせていただきたいのですが……」

「そうですか。ではお願いします」

夫人は立ち上がって歩き、奥の部屋に卓造を招いた。そしてローソクに火をつけた。仏壇の前に卓造は正座した。そこには二葉の顔写真があった。正面の写真は亡くなる間近かの老人の一ノ瀬忠雄であった。そして横手のもう一葉の写真は……。それを見たとき卓造は思わず息を呑んだ。父・英之助の顔に生き写しであった。

「なかなか二枚目でしょう？　三十五歳位のときです。若いころはもてたという話です。ふっふっふっ」

夫人は初めて声を上げて笑った。意外に大きな笑い声であった。卓造は、線香を持つ右手が小刻みに震えるのを感じた。

駅に着くと、次の上り電車まで一時間余りあった。プラットホームは上下線それぞれに分かれており跨線橋で繋がれている。

その向こうに松林が広がり水平線が見えた。日本海である。海岸線は少し湾曲しており、近くに漁港があった。一ノ瀬忠雄が３０２を沈めたのは、あの漁港の沖だろうか、と卓造は勝手に想像した。駅前で客待ちをしているタクシーに、そこの漁港まで往復してくれないかと頼んだ。運転手は頷き、ドアを開けた。

十分ほどで漁港に着いた。強い潮の匂いが鼻を突いた。石垣とコンクリートの防波堤が築かれ、二十隻余りの漁船が停泊し波に揺れていた。岸壁からどの船にも歩み板が渡されていたが、人影は無かった。卓造は風に飛ばされないよう手で帽子を押さえ、沖を見つめた。ときどき白い波頭が見えた。

忠雄は機関車のモデルを海に捨てたのではない。海底に安置したのだ、と卓造は思った。自分の死期を予感し、誰も知らない、そして将来誰にも見つからない場所に隠したのである。愛憎相半ばするモデルを処分する方法は、恐らく他になかったのであろう。

その日から十一年余りが過ぎている。ボストンバッグはもう朽ちて無くなっていることだろう。だが金属製のモデルが海上に現れることは永久にあるまい。

すべてが終わった、と卓造は思った。

「ええか卓坊、この機関車はなあ、日本に一台しかないのやでえ」

あの優しかった父が、二つの顔を持っていたとは………。母のユリ子が何も知らずに死んだのは幸いであった。

日本海の強い潮風に吹かれながら、卓造は、晩年まで自分を支えてきた父への尊厳と機関車のモデルへの憧憬が、砂漠の楼閣のように音もなくゆっくりと崩れ落ちていくのを、感じないわけにはいかなかった。

そのとき、なぜか久江の笑顔が頭に浮かんだ。そうだ、久江のところへ帰ろう。卓造は踵を返し、タクシーが待機している道路へ向かって歩き出した。


【客死】旅先で死ぬこと。

紅島心中

今治周辺地図

島と島との稜線が連なって、どこまでも島尾根ばかりである。形の違う尾根の下には、寒天を流し込んだような滑らかな瀬戸内の海が広がり、穏やかな早春の陽に映えていた。

広島県の大崎下島は、芸予諸島の中程からやや四国寄りの斎灘（いつきなだ）にある。この島の東のはずれに位置する低い山麓の村が大長（おおちょう）で、御手洗（みたらい）はさらに南へ二キロばかり下った戸数五十ほどの小さな集落であった。

お菊が奉公している御手洗の遊郭は、一般の民家とは少し離れた海際に、他の娼家五軒と並んで建っていた。

家敷の裏には海峡が広がり、すぐ軒下まで汐水が迫っている。昼夜を分かたず、潮騒が響いてきた。近くへ寄せる波音と、遠くの波音が混然となって、風の無い夜などは子守唄のように心地よく聞こえた。お菊がこの音を耳にして、もう三年が過ぎようとしている。

指呼（しこ）の対岸には、愛媛県の岡村島が控えていた。村人たちは島の名を言わず、相互に向う島と呼び合っている。二つの島の間には中ノ島、平羅島、紅島という三つの小さな無人島があって、ちょうど海峡の潮流を堰き止める役目を果たしていた。そのおかげで御手洗は、東に向かって入江状に開け、いつも波穏やかで、陽の光を浴びて群青色に輝いていた。

御手洗は遊女の集落でもある。娼家がいつ頃この島で生まれたのかは、定かでない。時化を逃れて、あるいは風待ちのために寄港してくる水夫をそっと手招いたのが、始まりであろう。僻地の旅籠が、そのまま娼家になったとしても、不思議ではない。

沖の紅島は、三つの無人島の中でも一番小さく、遊女が紅を引く小指ほどの大きさしかないという意味合いから、いつしかその名で呼ばれるようになった。

お菊の本名は梶原キクという。明治三十二年七月の生まれである。

故郷の村をあとにしたのは、十七の時だった。その日のことを、今でもよく覚えている。毎日のように降り続いていた秋霖が上って、嘘のように晴れ渡った朝だった。一人の初老の男がお菊の前に現れた。この男が女衒であった。大正五年の秋のことで、以来、お菊は故郷を見ていない。

愛媛県の西端、豊予海峡に短剣のように突き出た佐田岬の先端の寒村が、お菊の生まれ故郷である。山ばかりで平地はほとんどない。

漁師の父親は七年前に亡くなっていた。母の律は、その頃労咳を病み、寝たり起きたりしながらも細々とわずかの田畑で働いていたが、日々の食にも事欠く有様であった。長男の太吉はまだ十一歳。一人前に沖漁に出るのは無理であった。お菊と太吉の間に妹のお光とお藤がいるにはいたが、鄙びた片田舎では、小娘が働くような仕事も内職もある筈がない。手助けといえば、春の野でワラビやゼンマイ採り、もう少したてば裏山にある梅の実をちぎったり、竹薮へ入って筍を掘り出したりする程度であった。太吉は裏山へ一人登って枯木の薪を拾い集め、背負って家まで運ぶのが日課となっていた。

お菊は律の畑仕事を手伝いながら、食事の仕度や洗い物、縫い物で明け暮れていた。病身の律は夕食が終ると、うす汚れた蒲団に痩せた身体を横たえ、よく溜息をついた。上の四人の子供たちは、いずれ近いうちに目鼻がつくだろうが、いまだ幼い弘吉と雄太を抱えて、すっかり途方に暮れていた。

「ごく潰しばかりがいて、どうにもならん」

病み疲れた頬を引きつらせながら、哀しい表情でよく呟いた。パッキンが摩耗して空喘ぎをする井戸のポンプを手荒く押しながらも同じように愚痴ったものだった。

それでも律は、漁網の修繕や魚の荷揚げ作業を手伝ってわずかな日銭を稼いでいたが、生活費には追いつかず、昔の借金は膨らむばかりで、村人たちは愛想をつかし、もう小銭を貸してくれる者もいなくなってしまった。住む家はといえば杉皮葺きの六畳一間と通り抜けの土間だけで、屋根に石を乗せた古びた廃屋同然の有様であった。

夕刻がやってきて、辺りが仄暗くなると、お菊は海辺の砂浜を歩いて、家のすぐ西側にある小高い崖の上に一人でよく登った。

ここから眺める夕焼けの海原が、お菊は幼い頃から好きであった。大きい真っ赤な太陽がぼってりと楕円形になり海へ落ちようとする。西の空は血を流したように罅割(ひび)れ、朱色に染まる。辺りは樹木も岩礁も波浪も、わが家の屋根までも朱色となり、時折吹く潮風が頭上の櫟や赤松、椎や山栗などの梢を鳴らして通り過ぎる。やがて明るさが急速に翳り始め、夜の帳(とばり)が訪れる。

もう何年前になるだろうか。そんな黄昏どきの砂浜を、一人の中年女が歩いているのをお菊は見た。髪型や肩のあたりの動きに見覚えがあった。女は手に大きな魚をぶら下げている。なんだ、おっ母ぁじゃねえか——と声を掛けようとしてお菊は思い留まり息を呑んだ。今律が出てきたばかりの、壊れかけの漁小屋から、もう一つの黒い人影が現れたからである。お菊は一瞬、胸の高鳴りを覚えた。人影は小屋の前で立ち止まり、気忙しげに身繕いをしている。明らかに男の姿だった。お菊は見てはならぬものを見てしまったかのように躰が硬直するのを感じた。そして全身から力が抜けた。男は服装を改めると、何事もなかったように大股でゆっくりと歩き樹木の陰に消えた。波打際では白い飛沫が音を立て、やがて静けさを取り戻した。

男と女の関係について、お菊はまだ十分に理解していなかった。初潮も村の同級生たちと比べると遅く、しばらくはそれが何を意味するのか分からなかった。分かりかけたのは、ここ三年ばかり前からであった。

一軒おいて隣のお松婆さんが、日溜りで大豆の粉を挽きながら、

「おめぇのおっ母も忙しいことじゃけんのぅ。雄太のお父つぁんも、とうとう分からずじまいじゃ。だらしのないことじゃのう」

目ヤニを溜めた皺だらけの顔を歪めながらそう呟くように言った声が、当分の間、お菊の耳底に付いて離れなかった。

律への悪口のように思えて、その時はお菊も腹を立てたが、あとから思い返せば、単なる陰口や世間の噂話ではなかった。これらの律の行状が、すでに村中に周知の事実として広まっていると気付いた時、お菊はもうこの村に長く居られないことを悟ったのである。

ある日のこと、いつものように茜色に染まった落日の光景を見届け、家に戻ると、半間の板戸の入口は開いていて、中から珍しく弟や妹の賑やかな笑い声が洩れ、仄暗い土間のランプの光が明るく見えた。

「お菊かい。遅いじゃないか。どこへ行っとったんな」

律の声は暗さがなく、どこか弾みを含んでいた。お菊は問いに答えず、

「おっ母ぁ、うち学校出てしばらく経つけん、どっかへ働きに出る」

と律の横顔を見つめ言った。だが律は、

「仕事先なら、おっ母ぁが、もう頼んじょるけんのう」

と、いとも簡単に言った。

お菊の胸に小さな不安が過(よぎ)った。まさかこの間、漁小屋から出て来た男ではあるまい。もしあの男なら世話にはなりたくないが、律が頼める人が他にいるとも思えなかった。

「ほうら、今夜は大きなハマチを貰ったでよう。お菊もしゃんと喰いんせぇ」

律の細めた眼元が、鍋の湯気で仄かに潤んで輝き、笑っているように見えた。日頃は見せることのない表情だった。ほつれ毛が項(うなじ)に纏(もつ)れ、上気した頬は赤らみを帯びている。

「菊姉ちゃんたら、早よう、早よう」

雄太が箸を持ったまま右手で招く。妹のお光とお藤はなぜか黙って俯向き加減に箸を口に運んでいた。今夜のご飯は白かった。普段は二、八の麦飯なのに、五分飯である。このような白飯は、お正月と盆、それにお祭りの日ぐらいなのに、今夜はどうしたことか。

お菊の視線に気付いたのか、律は白い歯を見せてにっこり笑った。

「十日もすりゃあ、世話人が迎えに来てくれるけんのぉ」

「おっ母ぁ、どんな仕事ね」

「女中奉公よ。なんにも心配することはねぇ、広島県ゆうても大崎下島じゃから、伊予に近いと言えば近い所じゃあ」

その翌朝から雨が降り始め、一向に上る様子がなかった。お菊にとっては躰の芯まで濡らす長い涙雨であった。

御手洗は広島県の南端に位置する。村民が向う島と呼ぶ岡村島は愛媛県の関前村である。古老の語り伝えによれば、寛文六年（一六六六）頃に初めて御手洗に人家が建てられ、大小の船が寄港するようになったという。

瀬戸内海を航行する帆船は、中世においては山陽に沿って走る「地乗り」が主であったが、近世に入って船の大型化とともに、中央部を走る「沖乗り」が次第に多くなった。これらの船は、元禄・享保期（一八世紀初頭）にはさらに活発になったが、途中で風待ち、潮待ち、あるいは飲料水や新鮮な食料の補給のため寄港地が必要となった。御手洗はこの地区で自然の良港として幕府の交易船をはじめ、北前船など多くの船主たちに認められ、やがて発展することになる。

かつて大長村の僻地に過ぎなかった御手洗に、文化五年（一八〇八）には庄屋が置かれ、雁木（がんぎ）（階段状の船着場）が築かれ、燈明台が建てられて港町としての体裁を整えていった。そして航路を行き交う男たちのために遊女屋が生まれた。はじめは港や沖に停泊している船に遊女を乗せた小舟を漕ぎ寄せて、洗濯や身の回りの世話をする「おちょろ船」が中心であったが、やがて本格的な店構えの遊郭が現れ、一夜妻の務めを果たすことになる。幕末には、若胡子屋（わかえびすや）、堺屋、藤屋、海老屋の四軒が藩公認の遊女屋として栄えた。

夕方になると煌（きら）びやかな着物をまとい、お白粉（しろい）にお歯黒姿の遊女がずらりと港に並んだ。そして、

「はなえ～、はなえ～」

と客を誘う妖美な声が一勢に漂った。三味線の音色と男女の笑い声が響き、常夜燈と宿場の灯（あか）りが海面に揺れ、それは華やかな風景だったという。

だが明治に入ると蒸気エンジンを装備した汽船が主流となり、風待ち、潮待ちの必要がなくなって御手洗は衰退の一途を辿った。最盛期には三百人を超えていた遊女も、大正時代には三十人程度にまで落ち込んだ。

お菊が奉公したのは没落した遊女六人の藤屋であった。佐田岬から長浜までは馬車に揺られ、今治（いまばり）まで宇和島汽船、さらに今治から岡村島までは渡海船、そして手漕ぎの伝馬船に乗り替えてようやく御手洗に着いた。

藤屋に着いて間もなく奥の座敷に通され、女将の口から奉公の実情を知らされると、お菊の目

尻から涙が溢れた。母親の律は十七歳の長女に真実を告げることなく、女衒の虎之助に売り渡してしまったのだ。その虎爺は無言で目を閉じて正座している。お菊の胸にずしりと重い鉄の鎖が喰い込んだような暗い衝撃と眩暈を感じた。そして思わず、

「嫌じゃ、嫌じゃ」

と叫んだ。だが生娘の扱いに慣れた女将は、そんな感傷など全く取り合おうともせず、

「お前のおっ母さんに、なんぼ銭っこ払ったか知っているのかい」

と尋ねた。お菊が首を横に振ると、女将は島田に結い上げた頭で頷いてから、お菊の鼻先へついと二本の指を突き出した。

「二百円じゃよ、二百円！」

そして真っ黒な歯並びを見せて笑った。お歯黒に染めた顔が、お菊には異人に見えた。女将の大仰な身振りで二百円が大金であることは分かったが、実際にどれ程の価値があるのかは理解できなかった。ただ自分の身がこの遊郭に売り飛ばされたという事実だけが重いしこりとなって、強く胸にのし掛かった。

女将の笑みは、予想以上の上玉を手中に入れた喜びの表情であったかも知れない。他の六人のうち、四人がいずれもすでに三十を越えていたからである。当時は三十五歳が遊女の限界だといわれていた。それに目鼻立ちのはっきりした、やや大柄のお菊は船乗りたちの男心をそそるはず

であった。

一週間後、律から手紙が届いた。下手な金釘流の鉛筆文字で綿々と詫び言葉を並べていたが、お菊はすぐにその手紙を台所の竈(かまど)に投げ入れた。お菊が女将から菊千代という源氏名(げんじな)を与えられた日であった。男を受け入れたあの屈辱の日からもう二年と十ヵ月が経つ。

遊女屋の商売は夕刻の六時半頃から始まる。菊千代は五時に湯に入り、長襦袢を着替え客を待つ。週末になると呉の軍人たちは八時頃から現れるが、今夜はその気配がなかった。先週予約をして帰った長尾少尉も姿を見せない。何か個人的な急用でもできたのだろうか。

菊千代は障子戸を開けて船着場を覗いてみたが、薄暗い海辺に人影はなく、沖にも近づいて来る船の灯もなかった。星空を見上げてから戸を閉め、座って長火鉢に炭火を継ぎ足し、銅壷(どうこ)に水を入れた。八時四十分だった。長尾少尉と二人で飲むはずであったお茶を一人で飲んだ。

遊女は待たされることに慣れている。時が間伸びすると何かほっと救われた気持になり、いつも鏡台の前に座る。お菊は鏡の中の自分の姿を見て、この三年間にずいぶん変わったと思う。もともと大柄だったものの容姿は幼く、尋常小学校を出た頃と変わり映えしないあどけなさが抜けていなかったはずだ。それが今ではすっかり女っぽくなった。化粧をすると男心を惹きつける眼と唇に変身している。これも多くの荒ぶれた男と躰を接してきた結果なのかと思うと、つい暗い気持ちになる。いや躰はどのように変容しても、心はいつまでも清らかでいたい。そしていつか自由の身になりたい。それがお菊の生きる支えだった。

この頃、石炭景気に沸き、筑豊産の石炭を大阪方面へ運ぶ木造の貨物船が増えていた。阪神工業地帯では海岸線に沿っていくつもの煙突が林立し、毎日もくもくと黒煙を上げていた。そんな石炭船が御手洗に立ち寄ることも珍しくなかった。御手洗沖は他の貨物船の航路から外れていたため、船員にとっては錨を降ろし隠れて束の間の休息を取る恰好の場所だった。働き盛りの船長が、月に二度ほど菊千代を指名してやって来るようになった。

もう一人菊千代を指名してやって来る若い客がいた。名を雲水という。同じ大長村にある仏海寺に住み込んでいる。歳は二十四、五。褐色の肌をした細面の若者である。切れ長の眼には憂いを含んでいた。汗と魚の臭いに満ちたあらくれ漁師を相手にした翌日の夕方、ふと藤屋の玄関先で初めて顔を合わせた。網代笠を右手で持ち上げた雲水は、昔の知人に突然出会ったかのように菊千代を凝視し、やがて暖簾(のれん)を割って入った。

「名は何という？」

「菊千代にございます」

「今夜、空いているか」

「はい……でもお坊様では」

「坊主は嫌いか」

「いいえ」

短い言葉を交わした後、二人は部屋に入りランプの灯の下で向き合った。雲水は菊千代の出身地や生い立ちを尋ねた。そして自分は二歳で生母と死別し、継母と折り合いが悪く、十七歳で家を出たことなどを淡々と披瀝し、それ以外は多くを語らず、また菊千代の躰に触れることなく、金を置いて夜の八時過ぎに姿を消した。

身成りは修行僧のようにも見えた。話す言葉には品格もあって、ただの寺男ではないと直感した。仏海寺という寺名が菊千代の頭の隅に残った。

藤屋にはおスミという白い割烹着の遣手婆(つかいて)さんが玄関に立っていて、客を振り分ける。この婆さんの指示に従うことが遊女には義務づけられている。だが名指しでやって来る常連客は別である。

菊千代は女衒の虎爺に、それとなく仏海寺のことを訊いてみた。虎爺によれば、平清盛が創建したと伝えられる由緒ある寺で、何でも元禄時代の昔、ここ御手洗の遊女が起こした親娘心中を不憫に想い、最初に墓を建てたのが当時の仏海寺の住職だという。

「じゃが、お前さんの興味は寺ではなく、雲水の方じゃろうが」

虎爺は菊千代の本心を見抜いていた。

「あれも訳ありの男じゃが、素性を知りたけば住職に訊くがいい。じゃが雲水が藤屋に出入りしていることだけは絶対に喋ってはならんぞ、ええのう」

それだけ言うと虎爺は出掛けて行った。

「ねえ、お菊ちゃん、入ってもええ？」

隣部屋の綾乃の声だった。

「うん、ええよ」

菊千代は答えた。襖が開くと、赤地に白い花柄模様の長襦袢の裾をひらつかせ、綾乃がだらしない恰好で突立っている。本名は片仮名でアヤというらしい。菊千代より二つ歳上だが、どこか幼く貧相な印象の女だった。

「今夜もまた、お茶ひいちゃった」

茶をひくとは、客がつかないことを意味する。それは今夜の菊千代も同じだ。綾乃は襖にもたれて、なぜかじっと菊千代の寝姿を見下している。菊千代は傍らの羽織を引き寄せると、肩にうち掛け、綾乃に座布団を勧めた。綾乃は夜目にも白い肘を長火鉢にもたせ、膝を崩して座り込んだ。

「今晩は偉い将校さん、来んかったん？」

「そうなん。約束の挙句がこれよ」

「でも、お菊ちゃんはええわ」

「あら、何のこと」

綾乃は流し目で悪戯っぽく笑った。

「あの将校さん、呉の海軍さんでしょ。体格も立派だし、男前もええわ。うち一度でええから、あんな恰好ええ男に抱かれてみたい」

「じゃあ、綾ちゃんに熨斗つけて差し上げるわ」

「じゃけんど、向うさんが何と言うか」

「綾ちゃんのところへも、よう兵隊さんが来るでしょう。ほおら、がっちりした体格の強そうな……」

「あぁ、陸軍の上等兵のことね。でも百姓の出だから、田舎臭くてつまんない」

「よく言うわ、そんな罰当たりなこと」

菊千代は急須を取り出し、お茶を淹れながら苦笑いをした。たしかに長尾少尉は軍服も立派で、恐らく将来を嘱望された青年将校には違いない。軍人らしく礼儀も適度に正しく、余分にお手当てを貰ったこともある。だが菊千代を女郎の一人としてしか見ていない。女郎は、一時の快楽を得る道具に過ぎないのだ。そんな少尉と比べると雲水は……。

「どしたんお菊ちゃん、急に黙り込んで」

「ううん、何でもない」

言葉とは裏腹に、菊千代は雲水が二度目に部屋を訪れた夜、赤いランプの炎に照らし出された自分の白い裸身に注がれる優しく愛おしい視線を思い出していた。まるで初夜を迎えた新妻のように恥ずかしさで耳の付け根まで桃色に染まったが、三度目からはむしろ見られることに歓びを感じるようになった。いつしか自分が遊女であることを忘れるほど、雲水への愛情が膨らみ、感情が昂ぶった。だが雲水は決して部屋に泊まることなく、夜の九時には帰っていった。修行僧の身なら当然のことであろう。菊千代は、いつも心の隅で雲水を待つようになっていた。

ある日、珍しく雲水がお昼前に藤屋へやって来た。そして、おスミに声を掛けてから菊千代を外へ連れ出した。陽光の下で二人きりになるのは初めてである。菊千代は久しぶりに解放感と充実感を味わった。

「お菊さんに見せたいものがある」

そう言って雲水は脇道に逸れ、山を登り始めた。よく葉の繁った梢を手で避けながら、道なき道を登ること十分余り、急に視界が開けた。見ると雑草の中に小さな古い墓石がびっしりと並んでいる。どれも粗末な石ばかりだが、名前が彫(ほ)られているのがかろうじて分かる。

「女郎塚だよ」

立ち停まって少し荒い息をしながら雲水は言った。菊千代は無言でその場に立ち尽くした。目を凝らすと、彫り込まれた文字は女の名と地名が入り混じっている。

「八重紫」「玉垣」「遠州」「奥州」「山科」……。

「江戸時代に仏海寺の僧たちが建てたものだよ。おそらく源氏名で彫られているのは若くして死んだ遊女のもの。地名は出身地で、歳を取って故郷に帰るに帰れずこの地で果てた者だ」

「数は何人分あるんじゃろか」

「ぼくは三百まで数えたけど、あとは分からない。中には文字が判別できないものもある」

それらの墓石群から、薄幸の遊女たちの凄まじい怨念が、陽炎のようにゆらゆらと立ち昇っているような気がして、菊千代は息苦しさを覚えた。草いきれの強い匂いが、さらに胸を締め付けた。

「どうして、わたしにこの女郎塚を――」

「お菊さんに、自分の置かれている立場というものを考えて欲しかったんだよ」

「でも誰かが身請けでもしてくれない限り、あの藤屋を出ることは出来ない」

自ら望んで遊女に堕ちる者など一人もいるまい。極貧の暮らしが、また荒んだ心が暗い蟻地獄のような廓に転落させるのである。そして、その砂の穴から抜け出した女など聞いたことがない。身請けなどというのは、金持ちが出入りする都会の遊郭の話である。

「そうだね。ぼくにその甲斐性があれば、何も言うことはないんだけど……」

思わず菊千代は雲水の横顔を見た。

「優しいんじゃね、雲水さんは」

「わが家の財産は相当なものだったけど、従兄弟が継いでしまった。今さら後悔しても後の祭りだけどね」

「……」

「明治維新までは港と大長村に通じる道に関所が置かれ、遊女が逃亡するのを見張っていたらしい。岡村島の関前という村の名は、国境だし、その名残りだよ、きっと」

「御手洗に来て、もう三年近くになるのに、この女郎塚について何も知らんかった」

「知られると困るんだよ、女将にとっては。遊女たちの暗い末路を象徴しているからね」

「そろそろ戻るわ。おスミさんや虎爺に怪しまれるといけないから」

「じゃあ送るよ、近くまで」

二人は来た道を引き返し、歩き出した。空が俄に曇り、雨が近いことを告げた。菊千代は歩きながら自分の墓碑銘を頭に浮かべた。「菊千代」か、それとも「予州」か。想像の墓石は、驟雨でたちまち見えなくなった。

二人は大粒の雨に追われて、海沿いの岩場の陰に駆け込んだ。そこで雲水は水滴のしたたる菊千代の頬に両手を当てて、言った。

「お菊さん、希望を捨てちゃいけない。今の廓から抜け出せる日が必ず来ることを信じるんだ」

「でも、どうやって？」

「……」

雲水はその問いに答えることが出来なかった。ただ菊千代の手をしっかりと握り、唇を重ねた。


遊女に決まった休日はない。せいぜい生理日に三日か四日程休む程度であった。だが客が来なくて店が暇になると、月に一日位の割合で休日が貰える。ただし島から出ることは許されていない。遊女が今治へ行く用事がある場合は、女将か虎爺が必ず同行する。島は天然の牢獄のような役割を果たしていた。

早春のある日、菊千代は休みを貰い、仏海寺を訪ねた。遊女であることが分からないよう、化粧をせず、着物も地味な柄を選んだ。御手洗から大長までは徒歩十五分ばかりである。

威厳のある山門を潜ると正面に本堂があり、右手に庫裏(くり)や僧房がある。雲水は不在で僧堂に通された。御本尊は救世観音と聞いている。僧堂のすぐ脇に楠の大樹があって、垂れた枝先が少しばかり若芽を吹き、陽の光を浴びて光っている。どこかで鶯の声が聞こえ、啼き止むと静けさが戻った。

応対に現れたのは作務衣(さむえ)姿の住職であった。

「お菊さん、ですかな」

「はい」

「うむ、良い名じゃ」

「恐れ入ります」

「『播州皿屋敷』という人形浄瑠璃をご存知かな?」

「いいえ、無学な者ですから」

「兵庫の姫路城には『お菊井戸』というのがあってのう、この井戸で無実の罪を着せられ惨殺されたお菊の幽霊が出て復讐するというお話じゃあ」

「はい……」

「城の境内には『お菊神社』があって今でも土地の人々に敬愛されておる」

「それが何か、わたくしと……」

「もう一つあるぞ。こちらは女ではなく少年じゃが、能楽に『菊慈童』という童がシテを務める演目があって、無邪気に遊び戯れる話じゃ。これは仏教の極楽浄土にも通じる」

「はい」

「実に良い名じゃ。だが生憎と雲水は出掛けておる。また別の日においでなされ」

住職はそれだけ喋ると立ち上がった。

「あの、お願いがあります」

「何かの？」

「雲水様のことお教え下さいませ。何か事情がおありとのこと。どんな事情がおありなのか、なぜこの寺にお住まいなのか」

「うむ、それを話せば長くなる。では要点だけを手短に申そう」

住職は座蒲団の上に座り直した。話の内容はおよそ次のようなものであった。

雲水の本名は松浦亀吉という。生家は福岡県遠賀郡に広大な農地を持つ大地主で、江戸時代から苗字帯刀を許された由緒ある大庄屋であった。屋号は「筑前屋」といい、代々の当主は松浦七郎左ヱ門の称号を継承した。だが嫡子の亀吉が成長するにつれ、家庭内に異変が起った。父親の七郎左ヱ門は早く妻を亡くし病弱で、家業や財産管理は継母のお杉と手代の勝造に任せていた。

お杉には亀吉より三つ年下のお汐がいて、この血肉を分けた娘に養子を貰い家督を継がせようと画策し、何事につけ亀吉に辛く当たった。さらに継母と勝造の男女の関係を見てしまった亀吉は、十七歳で家を出て流浪の身となった。ところがお汐が大金を持ち出して亀吉の後を追い、やがて二人は巡り合う。二人は異母兄妹（きょうだい）として全国の旅を続けるが、風の便りに父親の死を知り、瀬戸内海を渡って四国霊場八十八ヵ所を巡礼する。

だが無理を続けたお汐は道中で肺炎に罹り、今治の病院であっけなく他界した。一人残された亀吉は、世の無常を悟り、仏門に入ってお汐の菩提を弔うことに生涯を捧げる決心をし、安芸の国の仏海寺に辿り着いたという訳である。

「そうそう、大切なことを一つ言い忘れたわい」

住職はひと呼吸置いてから口を開いた。

「亡くなったお汐さんという人が、お菊さん、あなたに生き写しだと申しておった」

「えっ？」

思わず菊千代は腰を浮かせた。

「では失礼する」

住職は僧堂から足早に姿を消した。菊千代はしばらくその場にぼんやりと佇んでいた。


二日後の夜、雲水が辺りに気を配りながら藤屋を訪れた。おスミはいつものように愛想よく迎え入れ、菊千代の部屋に声を掛けた。

菊千代は急須にお茶を淹れながら、それとなくお汐について尋ねてみた。雲水はややあって、遠い過去を思い出すような表情で話し始めた。

「お汐はね、お四国参りでかなり体力を消耗していたが、五十八番札所の仙遊寺で倒れてとうとう動けなくなってしまった。ぼくはお寺で大八車を借りて、今治の病院へ運んだんだよ。医者は肺炎だと診断したが、ちょうど薬が切れていたんだ。それですぐに松山の病院に連絡してくれたんだけど、間に合わなかった。お汐は翌日の明け方に息を引き取った」

「……あのう、お汐さんのことで、ひとつ訊いていいですか」

「うん、何だい？」

「雲水さんは、お汐さんを一人の女として愛していましたか？」

「正直に告白すると、たしかに愛していた。でも躰の関係はなかったよ。ぼくらは母親は違っていても兄と妹だからね」

「それを聞いて安心しました」

「そんなことを心配してたのかい」

雲水は笑ってお茶を飲み干した。

「本当によく似てるんだ、お菊さんと。目鼻立ちばかりでなく背丈までもが」

「でも、あたしは菊です。どうかこの部屋にいる時は、混同しないでください」

「そうだね。気を悪くしたのなら謝る」

雲水は神妙に頭を下げた。

「だがお菊さんに会ってから、お汐の菩提を弔うために一生を捧げようという決心が揺らぎはじめた。僧侶になるには厳しい戒律の日々を過ごさなくてはならない。高野山にも一年は籠らなくてはならないんだ。果たして自分に出来るかどうか」

「あなたなら出来ます。お汐さんのために今の道を進んでください」

「しかし現実に、今夜もこうしてお菊さんの部屋に来ている」

「……」

「いや、愚痴をこぼすのはよそう。折角の二人だけの時間だ。大切にしなければ」

そう言って雲水は菊千代を抱き寄せた。そしてなぜかいつもより優しく肌を求め、泊まることなく夜半に姿を消した。菊千代は満たされぬ想いで赤いランプの焔を見つめた。雲水の本心がどこにあるのか量りかねた。自分が金銭で身を売る遊女であるという現実が、改めて胸を締め付けた。


翌朝、菊千代は桟橋の方から聞こえる鈍い法螺貝（ほらかい）の音で目覚めた。それは銭屋の渡海船（とかいせん）が今治に向け、まもなく出航する合図であった。女将の声がすぐ後に響いた。

「みんな、渡海船が出るよ。いる物があったら注文の書き付けを持って、すぐ船着場まで走ってお行き」

御手洗からは今治通いの船が週二回出ていた。米や野菜など食料ばかりでなく、遊女たちが使う化粧品や日用雑貨まで、必要なものは一切渡海船が運んでいた。

「お菊ちゃん！」

綾乃が突然部屋に入って来た。そして座り込むと、顔を近づけ囁いた。

「大変よ、藤屋が売りに出されてるんだって。女郎七人で千五百円だっていうのよ」

「ええっ？　それで、どこが買うの」

「それが御手洗じゃないの。北陸の金沢の遊郭だって」

「金沢……」

菊千代は衝撃を受け、全身の力が抜けていくような気がした。

「なんで知ってるの、綾ちゃん？」

「夜中に御不浄へ行った時、立ち聞きしちゃったの」

綾乃の話によると、女将の長男が県庁で知事秘書を務めることになり、実家が遊女屋では世間体が悪いから廃業するように懇願して広島へ帰ったという。

菊千代は咄嗟に雲水の顔を頭に浮かべた。雲水との別れは身を切られるように辛い。もし金沢に行くことに決まれば、もう雲水と会う機会も永久に失われてしまうに違いない。それにしても遊女たちを商品同様に扱い、内密に取引するとは。菊千代は母親のお律や藤屋の女将への憎悪の念が身体の奥で炎のように増幅するのを抑えることが出来なかった。

また法螺貝が鳴った。渡海船の焼玉エンジンの音が聞こえる。いよいよ出航らしい。今治はお汐が息を引き取ったところだ。菊千代は両手で顔を覆った。指の間から涙が零れた。

「お菊ちゃん……」

綾乃の沈んだ声が耳元で聞こえた

そう言えば心当たりがある。ひと月ばかり前、背広に蝶ネクタイ姿の男が藤屋の玄関に人力車で現れた。女将は珍しく丁重に招き入れ、女郎たちを全員自分の部屋に集めた。

「こちらは県の衛生局の役人さんじゃ。今から一人ずつ本名と源氏名、歳を言いなさい。その時に裾を巻くって見せるものをちゃんと見せるんだよ。分かってるね」

金縁のメガネの男は顔に似合わぬ鋭い目で一人一人の躰を舐めるように観察し、小さな黒革の手帳にメモした。

あの時の男は、恐らく金沢の遊郭から女郎の品定めに来たのだ。県の役人なんかじゃない。菊千代のところで年齢を言うと、かすかにニヤリと笑みを浮かべ顔をひたすら凝視したのを覚えている。

菊千代は夕方、湯に入る前に虎爺を自分の部屋にそっと呼び、事の真相を尋ねた。

「俺は何も知らん。女将に聞いたらええ」

と、はじめ口を濁していた虎爺も廃業の事実をしぶしぶ認め、地元の遊女屋が付けた九百円と

いう値に女将がどうしても納得せず、結局昔から縁のあった金沢に決まったという。そして最後に、

「お菊ちゃんともお別れじゃのう」

とポツリと言った。

菊千代は雲水に会いたいと思った。女将が遊女たちを集めて話を切り出す前に、会わねばならないと思った。話を公開してしまえば、遊女七人に対する締め付けは以前に増して厳しくなるだろう。もう月一度の休みもお預けになる。菊千代はそれを恐れた。そこで綾乃を呼び、仏海寺の雲水まで手紙を届けてくれるよう頼み、少しばかりのお金を握らせた。いつか二人で登った女郎塚の帰り道で、小さな遠浅の入り江を見付けた。ちょうど岩場の陰になっているが、あそこなら雲水も覚えているに違いない。陽が沈む頃、あの場所で会おう、と菊千代は考えた。そして雲水の自分への気持を聞いてみたい。汚れた遊女の躰ではあったが、今の自分にとって心の拠(よ)り所は雲水しかいないのである。

梅雨の六月が過ぎ、月が改まって間もなく、陽が落ちる頃、菊千代は藤屋をそっと抜け出し、海沿いの道を急いだ。そして入り江に立って雲水を待った。黄昏のわずかな光の中で人影が近づいて来た。

「お菊さん？」

雲水の声だった。菊千代が返事をすると同時に、大きな手で抱き寄せられた。ほんのりと香煙の臭いが衣服に漂っている。

菊千代は藤屋の事情を話し、もう外で会えるのは今夜が最後だと告げた。そして、

「菊千代は遠くへ行きますが、菊はこの島に残ります。あたしのような汚れた女でも愛してくれますか？」

と尋ねた。

「愛している、誰よりも、お菊さんを」

雲水は菊千代を胸に抱き寄せたまま、きっぱりと答えた。

「でも、島に残るって、どういう意味だい？」

「人間の祖先は海から生まれたと、小学校で習いました。あたしも海へ帰ります」

「早まってはいけない、お菊さん！」

雲水は菊千代の顔を見て叫ぶように言った。

「でも、あたしは伊予で生まれた人間です。北の国の金沢まで行く気はありません」

雲水は突然躰を離し、声を落として静かに言った。

「実は、ぼくは、もう寺に戻れないんだ」

「ええっ？　どうして？」

「お菊さんが御手洗の漁師の娘ではなく、藤屋の遊女だということが、住職に知られてしまった。寺の誰かが告げ口したらしい。修行僧の身でありながら、遊郭などに通うとは言語道断と厳しく叱責されて三日間の蟄居を言い渡されたんだ。だがぼくは蟄居を終えて、寺を出ることを決心した」

見ると、気が付かなかったが雲水の足元に籐編みの鞄が置かれている。

「じゃあ、あたしのために……」

「だが後悔はしていないよ。いずれ今日のような日が来ると覚悟していた。お菊さんがぼくの運命を変えたんだよ」

辺りはすっかり暗闇に包まれ、浜辺に打ち寄せる波の飛沫だけが白かった。

菊千代はまず下駄を脱ぎ、帯を解いた。そして着物と長襦袢を脱いで砂の上に落とし、生まれたままの姿になった。

「海の中で、あたしを抱いて下さい」

雲水は、大きく頷き、自らも着物を脱ぎ捨てた。

二つ裸身が海水の中で一つに重なった。胸まで潮水につかり激しい抱擁を繰り返した。月明かりもなく、仄かな夜光蟲の光だけが弧を描いて乱舞する暗闇の中で、白い肌と褐色の肌が深く絡み合い、緩やかに静止した。

やがて雲水は呻くような低い声を挙げ、菊千代もほとんど意識を失いそうになった。恍惚の海の中で、二人はそのまましばらく動こうとしなかった。

砂浜に上がり着物を整えると、雲水は手拭いで顔を押さえてから言った。

「お菊さん、ぼくはこれから福岡の実家へ戻る。お菊さんを身請けするお金を作ってくる。だからそれまでは早まった真似をせず待っていて欲しいんだ」

「でも、もう遅いわ……」

「遅いって？」

「藤屋の女将は女郎七人ぐるみで金沢の遊郭へ売るつもりなの。その金額が千五百円なの。あたし一人が抜ける訳にはいかないのよ」

「千五百円？」

雲水は金額に衝撃を受けたのか、たちまち表情を曇らせた。やがて唇を噛み締めると、

「分かった。千五百円作ってくる。お菊さんはぼくがこの島に戻るまで藤屋でおとなしく待ってるんだ」

と言った。

「でも、どうやってそんな大金を…」

「何も聞かなくてもいい。それよりお菊さんは早く帰らないと女将に怪しまれる。さあ、今なら間に合う、すぐ店に帰るんだ」

雲水は珍しく命令するような語調で菊千代に告げた。その気迫に押されて、菊千代は言葉もなく来た道を歩き始めた。ふと振り返ると、かすかな光を背景にして雲水の動かぬ影が見えた。

翌朝、女将は女郎七人を集め、金沢行きの話を切り出した。息子の事情は口にせず、不景気で藤屋の実入りが減っていることを理由に挙げ、廃業を決意したと話した。その上で、「誰も嫌とは言わせないからね。金沢と言やあ加賀百万石の城下町じゃ。御手洗とは格が違う。みんな気分を一新するいい機会じゃよ」とお歯黒を見せて笑った。

金沢で一番の歓楽街は片原だが、その一角に江戸時代から続く遊郭が数軒あるらしかった。それは京都の五番町、大阪の九条、神戸の福原などと並ぶ有名な色街であったが、大崎下島の御手洗という僻地の遊女たちが知る由もなかった。

「当分は外出を控えてもらうよ。それから郵便局の預金通帳はあたしが一時預かるからね。みんなお昼までに持っておいで」

誰もが無表情で女将の話を一方的に聞き、発言する者はいなかった。綾乃も同じだった。ただ菊千代だけが頭の隅で雲水の言葉に一縷の望みを繋いでいた。

雲水は鹿児島本線の遠賀川駅に早朝降り立った。汽車を見送ってまだ煤煙の臭いの残るプラットホームから跨線橋を渡り駅を出ると、北へ向かって歩き出した。

田植えが終わって半月が過ぎたばかりの広大な水田に近くの山々の峰が映り込み、遠く朝靄のかなたに数人の農夫の人影が動いている。かつては駅前から自分の屋敷まで三町歩ほどあるが、その間他人の土地を踏むことなく帰ることができたのだ。だがその田畑もすでに従兄弟の手に渡っている。その取り返しのつかない現実が、雲水の胸に大きく圧し掛かっていた。

雲水が本名を伝えると、下男らしい初老の男は態度を一変し、丁重に屋敷の奥座敷に招き入れた。

待つこと三〇分、ようやく七代目当主が現われた。正式に襲名して間もない松浦七郎左ヱ門は、雲水の突然の訪問を怪訝そうな表情で迎えた。

「これはお珍しい。実の父君の葬儀にも出なかったお人が何のご用向きぞ」

「実は金をしばらくの間用立てて欲しい」

雲水は単刀直入に話を切り出した。

「亀吉さん、金の無心ならお門違いじゃぞ。お汐が持ち出した大金も税務署に納める金じゃった。あの時あんたの親父さんがどれほど苦労したか……お坊っちゃん育ちのお前さんには分かるまいが……」

「実は千五百円必要なのや」

「これは、これは驚いた。して何に使う金かいのう？」

「女を身受けする金なんじゃ」

「女？　女郎か？」

雲水は黙って頷いた。

「ふっふっふ、今時東京吉原の花魁でもそんなに高くはあるまいぞ」

「これには事情がある。実は女一人の生命が掛っておるんじゃ」

「亀吉さん、事情は知らんが、そんな女郎のことより自分の将来のことを考えたらどうじゃ。これからどうするつもりかのう」

「僕のことなら心配してくれんでええ。都会に出て工場にでも勤めるつもりなのや」

七代目は金色の煙管に火を付けた。

「職工か？」

「恐らくな」

「果たしてお前さんに務まるかのう。お汐が死んで伊予の今治で寺の修業をしていることは葉書が届いたから知っておったが、お前さんの服装を見ると、すでにケツを割ったと見える」

「今治やない。広島県の小さな島じゃ」

七代目は突然煙管を叩いた。

「そんなことは、どっちでもええ。亀吉さん、お前さんの将来のためなら少しばかり融通しよう。だが女郎のためなら一円たりとも出す気はない。これが遠賀川一帯を治めるわしの返事じゃ」

「……」

「お父親（やじ）さんを泣かせる芝居はいい加減に幕を下ろして、職工でも何でも堅気の仕事に就くがいい」

「分かった。邪魔したな」

雲水は鳥打ち帽を被り立ち上がった。そして一礼をしてから玄関に向かった。

雲水は籐編みの鞄を掴むと、江戸時代から続く古い庄屋の屋敷を後にした。そして畦道を通って駅に向かった。途中、ふと立ち止まると、小さな青蛙が二匹並んで田圃の水面に顔を出しているのが見えた。さらに目を見据えると畦道にアカハラが赤い腹を上にして四肢を広げて死んでいた。

鴉にでも襲われたのか、それとも……雲水はその干からびた死骸に視線を落とし、まもなく眩暈を感じた。考えると昨日から何も食べていなかった。思い起こせば、お汐が持ち出した大金もほとんどを二人の路銀として使い果たし、僅かな残金も菊千代の部屋代に消えてしまった。だが今、一人の女の命が雲水の手中に委ねられている。何としても御手洗に戻らねばならなかった。

のんびりとした各駅停車が広島県の竹原駅に着くと、すでに辺りは夕闇に包まれていた。雲水は駅前の木賃宿に泊まり、夜が明けると郵便局からお菊宛に電報を打った。電文は「午後七時に例の海岸で待つ」というものであった。そして改めて竹原発今治行の定期船の時刻表を見た。東予汽船の寄港地は大三島の宮浦、大崎上島の木ノ江、そして大長であった。雲水の財布には、すでにその船賃しか残っていなかった。

その頃、藤屋ではお菊宛の電報が届いたことが、おスミの口からお女将に伝わっていた。

「電報？　発信元は誰だい」

「それが折りたたんでいたんで分かりません」

「恐らく佐田岬のおっ母ァだろうが、今時何の用じゃ。この大事な時期に気になるのう」

「まさか不幸事じゃあ……」

「家族の誰が死んだとしても金沢行きに変更はないからね。しばらく菊千代をしっかり見張っておいで」

お女将は苛だちを隠せず、眉間にしわを寄せた。

おスミは菊千代の部屋を訪れ、それとなく尋ねた。

「ねえお菊ちゃん、さっきの電報だけど、おっ母さんからかい？」

「そう。別に急用じゃあないの。《フミヨコセ　リツ》たった一行、それだけ」

菊千代は自分でも不思議に思うほど冷静に嘘をついた。一年前に届いた電文を覚えていて、そのまま答えただけであった。この短い会話が菊千代にとって藤屋の住人と交わした最後の言葉となった。

黄昏が迫る大長に近い海岸べりの岩穴で、二人は三日振りに顔を合わせた。島々の稜線は淡い紫色の底に沈んでいた。憔悴し切った雲水の表情を見て、菊千代は全てを悟り砂の上に座り込んだ。雲水も膝を突いた。

「お菊さん、金沢へ行って欲しいんだ。命を粗末にしてはいけない。お菊さんはまだ二十歳になったばかりだ。向こうへ行けば新たな人生の道が開けるかも知れない」

菊千代は顔を上げた。

「新しい道が開ける？　それどういうこと？　お金持ちのオンリーになるということ？　結局は男の奴隷じゃないの。気休めは言わないで」

「……」

「遊女は昔から顔にべったりとお白粉(しろい)を塗ってお歯黒姿が当り前だった。どうしてか分かる雲水さん？」

「いや……」

「仮面を被っているのよ。仮面を被らないとやっていられないのよこの仕事は。仮面を被らないと……」

急に両手で顔を覆い、菊千代は声を上げて泣き崩れた。声の大きさに雲水は驚き、思わず周囲を見渡した。だが人の気配は全くなかった。潮騒だけが二人を包み込んでいた。

「悪かったよ、お菊さん、気休めを言って」

ややあって、菊千代はゆっくりと立ち上った。そして手拭いを袖から出して眼に当てた。

「雲水さんは何も悪くない……あたしのためにお金を工面しようと……」

「しかしお金は出来なかった。今頃藤屋じゃ騒ぎになってるだろう。船着場では巡査が見張っている。行き先はもう目の前の海しかない」

「それでいいのよ」

「いいことなんか、あるもんか……」

菊千代は無言で顔をゆっくり左右に振った。「あたしは今夜、海に帰ります。もう男の慰み者になることに心底疲れました。雲水さんこそ、お汐さんの供養のためにも、この先しっかり生きてください」

菊千代は喉の奥から絞り出すような声で答えた。雲水は一瞬言葉を失ったが、やがて口を開いた。

「いや、黙って君をお汐の二の舞にするわけにはいかない。僕にだって僕なりの覚悟がある」

「覚悟って？」

「……二人で手を繋いで、海に帰ろう」

「雲水さん……」

「僕はもう雲水じゃない。松浦亀吉として死ぬつもりだ」

「亀吉さん、何故なの？　何故あたしなんかと一緒に」

「僕は無一文になった。死ぬのにはいい機会だよ」

「……本当に後悔しないのですか」

「しないとも。お菊さんと一緒なら。もう失うものは何もない」

二人は黄昏の薄明かりの中で互いに手を取り合い、無言のまましばらく動かなかった。そして履物を脱いで鞄と一緒に岩穴に隠すと、素足で波打際に向かってゆっくり歩き出した。

「お菊さん、君の腰紐を貸してくれ」

「どうするの？」

「君の手首と僕の手首を離れないように結ぶんだよ」

「分かったわ……亀吉さん」

菊千代は雲水の言う通りに従った。

やがて、暗い海面に無数のプランクトンが青白い光を放ち始めた。光は帯状になって沖へ向かって伸び、さらに砂浜の波打ち際の底では小さな光の点滅が始まっていた。それは夏から秋にかけて人知れず活動する二枚貝の一種ウミホタルの群れだった。二人は光の点滅に眩惑され誘われるように波のうねりにゆっくりと呑み込まれていった。

その夜の午後八時頃、藤屋では菊千代が行方不明になったことで大騒ぎになっていた。仲の良かった綾乃が呼ばれ、女将から厳しい追及を受けたが、綾乃は「知りません」の一点張りで埒が明かなかった。そこへ仏海寺に行っていた虎爺が提灯を下げ、息を切らせて帰ってきた。

「お、お女将さん、雲水は五日も前から行方不明じゃ」

「何だって?」

「じゃが菊千代が島を出た気配はない。まだ島におるはずじゃあ」

女将は額に青筋を立て怒り心頭を現にし、立ち上って六人の遊女たちに叫んだ。

「何としても二人を探すのじゃ。御手洗の女郎どもをみんな呼び出して、手分けして探せ。千五百円の大金がかかってるんじゃ、千五百円が……」

虎爺は漁師を一軒一軒訪ね、捜索の船を出してもらうように頼んだ。

女将は細い路地を走り銭屋の渡海船までも出動を要請した。深夜の集落に突然法螺貝が鳴り響いた。あちらこちらで松明が焚かれ、御手洗の集落全体が騒然とした雰囲気に包まれた。

菊千代と雲水の遺体が発見されたのは、翌朝の七時少し前であった。紅島の浅瀬に沈んでいるところを漁師の一人が見つけたのである。二人の手首には、互いに赤い腰紐でしっかりと結ばれており、溺死であった。

昼前に大長村の駐在所から白い制服にサーベルを下げた巡査が駆け付け、検死の結果、外傷がなく穏やかな表情を見て覚悟の心中と断定した。念のため巡査は藤屋と仏海寺の双方へ出向き、動機の有無を調査した。二人の遺体はともに仏海寺に引き取られ、暑い季節だったため、その日の内に境内で茶毘(だび)に付された。時に大正八年七月十日であった。

仏海寺の住職は、

「この世に生まれた者は例外なく入滅する。だが雲水も、道連れにしたお菊さんも、ちと早過ぎたわい」と嘆き、立ち昇る煙に向かって頭を垂れ合掌し念仏を唱えた。

虎之助は佐田岬の村に電報を打って律を呼び寄せ、菊千代の遺骨と遺品を手渡した。遺品の中には郵便局の預金通帳があり、貯金額は十三円二十銭であった。

律は、藤屋の座敷で遺骨箱を胸に抱いたまま躰をくの字に折り曲げ、嗚咽を漏らした。その声は少しずつ大きくなり隣近所の娼家まで聞こえた。

藤屋の金沢への身売りは御破算となり、結局地元の娼家が安値で買うことになった。金沢では銀行の頭取や華族の子弟、江戸時代からの豪商の経営者らがお忍びで若い女を目当てに遊郭を訪れることが多かった。そこで目を付けられたのが藤屋の菊千代であった。菊千代のいない藤屋など、もう何の価値もなかったのである。

この修行僧と遊女の心中事件は発見された場所から「紅島心中」と呼ばれ、昭和のはじめまで島の人々に語り継がれたが、長い十五年戦争の動乱の間に忘れ去られ、遊郭そのものが全国からほとんど姿を消して半世紀が過ぎた現在、知る者は誰一人残っていない。

綾乃は事件の翌日の早朝、ようやく明るくなり始めた屋敷を抜け出し、小高い裏山に登ると広い西の空を見渡した。菊千代と二人で、海に沈む真っ赤な美しい夕陽と茜雲を何度も眺めた思い出の場所である。瀬戸内海はいつもと変わらぬ爽やかな潮風が吹いていて、ふと見下ろすと、よく凪(な)いだ海原を、スナメリイルカが二頭、仲良く並んでゆっくりと大崎下島から離れようとしていた。

後記　「紅島」はあくまで昔の人による俗称であり、現代の地図では「小島」と表示されている。

港町純情シネマ

——ある女性映写技師の物語

ただ今よりニュース、予告篇に引き続き『港町純情シネマ』を上映いたします。
なお場内は禁煙となっております。ご協力をお願い申し上げます。

えっ、あたしのこと小説に書くんですか？　まあ、恥ずかしい。もちろん仮名にしてください
ね。あたしは大正十四年生まれで、ちょうど昭和の年が年齢と一致するんです。映写技師として
映画館に勤めたのが二十四歳から四十六歳までの二十二年間。これは日本映画のいわゆる黄金期
と重なります。その意味では幸せだったのかもしれませんね。人の前に顔を出さない地味な仕事
でしたけれど、思いっきり沢山の映画を見ることが出来て、満足しています。
さて、どこからお話ししましょう。まだ小学校へ上がる前に、祖母に連れられて見に行った無声
映画の小屋のおぼろげな記憶から始めましょうか。

一

舞台上の中央に黒枠の四角い布製のスクリーンが吊るされている。観客席は木製の長椅子である。映写室に囲みはなくて映写機は剥き出しだった。下手の舞台脇にはそう大きくない楽団の黒いカーテンのような囲みがあった。楽団といっても弁士のほかには、ヴァイオリン、アコーディオンぐらいであった。弁士の手元の台本には電気スタンドが一個照らしていた。

映写機は一台しかなかった。普通二巻以上の映画の上映には二台の映写機が必要だったが、芝居小屋を兼ねたようなところでは一台で済ましていた。一巻が終わると室内を明るくし、映写技師が「一巻の終わり！」と大声で宣言しフィルムを入れ替えるのである。その間観客は待たされなければならなかった。

二巻目の準備が出来ると、技師は「さてさて、これより第二巻目の始まり」と言って映写を再開する。

文子は祖母に連れられて、四、五歳のころから当時「活動」と呼ばれていた映画館に何度も行っていたが、映写技師の「さてさて」という言葉が面白く、いつもここでくすくすと一人笑いした。技師にしてみれば一巻目とのつなぎを少しでもスムーズにするための業界用語であったに違いない。

演目といえばほとんどが時代劇で、それも勧善懲悪ものであった。活劇場面となると楽団が特に力を入れて派手な演奏を繰り返した。たまには恋愛劇があって、弁士は若い女性の声色を使って哀歓たっぷりに甘い場面を盛り上げた。

暗闇の中で四角いスクリーンに写真が映し出され、人物が自在に動き出す。役者が口を開くと、それに合わせて生の声が重なり、生の音楽が聞こえる。時には重く哀しく、時には軽快なリズムでテンポが速まり、逃げる者、追う者の動きにピタリと寄り添っている。白塗りの役者は髪を振り乱し、必死で刀を振り回し逃げようとするが、多勢に無勢、たちまち取り囲まれて御用となる。

あれは文子が尋常小学校に入学する少し前だった。その頃見た活動写真は無声時代劇で、題名もストーリーも覚えていないけれど、ただ主役のお侍が哀れで気の毒に思ったことだけは、なぜかしっかりと記憶に留めている。弁士は、ほとんど手元の台本を見ることなく、名調子で何人もの俳優の声を器用に使い分けて語り、舞台の奈落に陣取った楽士たちは、無心でヴァイオリンの哀愁に満ちた音色を響かせる。それはもう心ときめく別世界の光景だった。

トーキーになってからも文子は祖母に連れられて何度か小屋に通った。たいてい時代劇で、ラスト近くに派手な立ち回りがあり、時には主役の腕や背中にどす黒い血が流れる。

「ねえ、おばあちゃん、どうして侍の血は黒いの？　文子の血は赤いのに……」

祖母の着物の袖を引いて尋ねても、シーっと指を立てて口を押さえるだけ。やっと小屋がはねて帰る暗い道筋で、もう一度同じ質問をしてみる。

「活動ちゅうもんはね、もともと色が付いていないから、何でも黒く見えるんだよ。ほいでも、ふーちゃんが大人になる頃には、もう色が付いているかも知れないねえ」

この祖母の予言は意外に早く的中した。太平洋戦争が始まる少し前、文子が高等小学校を卒業してまもなく、日本初のカラー劇映画「千人針」が上映された。一時間ほどの中篇で、フィルムは輸入品、撮影もアメリカ人技師だったが、文子は見ることが出来なかった。

しかし海の向こうのアメリカでは、世界初のテクニカル方式による総天然色長編映画「虚栄の市」が、文子が十歳の時にすでに製作されたのである。

大自然を舞台にしたアメリカ映画「仔鹿物語」が日本で公開されたのは戦後のことで、文子はあとから作られたソ連初のカラー映画「石の花」の両方を松山で見てすっかり魅了された。活動写真はやっぱり色が付いていなければ、と思った。その興奮を伝えようにも、祖母は十年以上前に亡くなっていた。

戦後まもなく、アメリカの占領下で誰もが生きるのに精一杯の混乱時代に、文子の頭の中は映画に占領されていた。どうしたら誰にも気兼ねなく、現実を忘れどっぷりと映画の世界に浸れるのかを考えた。そこで閃いたのが映写技師の仕事であった。あまりに単絡的な発想で少し気が引けたけれど、やはりこれしかないと思った。文子のこの夢はまもなく実現することになる。

二

津倉文子は大正十四年、四国の瀬戸内海に面した港町、今治市で生まれた。今治は慶長九年というから、今から四百年余り前に、藤堂高虎公により開かれた町である。鄙びた海辺の寒村に、三重の濠を持つ巨大な城が出現したのだから、土地の人々は驚いたに違いない。だが明治に入ると、城下町の色合いは薄れ、今治は港町として発展した。広島県の尾道とを結ぶ鉄道連絡船を中心に、芸予諸島との間を往復する小型定期船や渡海船、阪神との間の大型定期船などで港とその周辺は大いに賑わった。

文子の曾祖父は今治藩の下級武士だったと聞かされている。身分は低かったが、日本刀二振りが大事に保存されていたから、恐らく侍には違いなかったろう。祖母の活動好きがその血筋と関連しているのかどうかは、文子にも分からない。祖母は無声映画の時分から時代劇ばかりを選んで見ていたような気がする。阪東妻三郎や片岡千恵蔵、それに嵐寛寿郎が特にご贔屓だった。それとも昔は時代劇しかなかったのだろうか。いつも文子が一緒だったが、小屋通いの回数があまりに多いので、さすがに祖母も近所の目を気にして、行き帰りはわざわざ回り道するほどだった。三人姉妹の末っ子で、二人の姉とは十歳ばかり離れていたため話題が合わず、必然的におばあちゃん子になってしまったのかも知れない。祖母もまた予期せぬ三人目の孫娘の誕生を喜び、「ふーちゃん、ふーちゃん」と呼んで特別可愛がった。

父親が結核で倒れたのは、文子が尋常小学校六年の夏だった。女学校へ進学する希望は吹き飛んだが、高等科へ進み何とか卒業した。太平洋戦争が始まる二年前である。軍靴の響きと暗い影が国全体を覆い、息苦しさが地方でも日ごとに増していた。町では、いつもどこかで軍歌が鳴り渡っていた。

文子は高等小学校を卒業すると、市内にある陸軍被服廠の検査部に就職した。四国各地の工場から送られてくる軍服を検査し、合格品を全国の軍関係施設へ再出荷する仕事であった。ミシン漏れ、ボタン落ち、色違いなどを厳しくチェックし、不良品は元の工場へ送り返した。

所長は陸軍中尉で、班長など管理職は全て軍人であった。朝礼では軍人勅諭の斉唱が義務づけられていて、文子もまた同僚とともに直立不動で声を張り上げた。男子の敬礼に当たる女子の礼は、上半身を前に曲げる角度が決められていて、十一度、十五度、四十五度の三種類あった。なぜ十度でなく十一度なのかよく理解できなかったけれど、上司は軍人だからとにかく従うしかなかった。入室のときなど普段は十一度で済んだが、国旗掲揚では最敬礼が要求され、自分の足元を長く見つめていなければならなかった。

昭和十六年十二月、そんな日々のなかで太平洋戦争が始まり、翌年には東宝映画「ハワイ・マレー沖海戦」が今治でも封切られた。この作品は海軍省の命令で作られた戦意昂揚映画であった。所長の薦めもあって文子は同僚たち数人と見に出掛けた。館内は満員で熱気に溢れていた。停泊中の米戦艦が日本軍機の攻撃を受け炎上するたびに拍手とどよめきが起こった。戦闘シーンのほとんどは実写ではなく、精巧なミニチュアを使った特撮であったが、あまりによく出来ていたので、それと気付く観客は少なかった。時代の空気がいつのまにか人々の冷静さを失わせていた。文子だけは覚めた目でスクリーンを見ていた。この戦争の行先きに不安を感じないわけにはいかなかった。

同じ年に見た森一生監督の「三代の盃」は妙に印象に残った。前半が時代劇、後半が明治ものという設定が珍しかったせいかも知れない。斬り合いがあっても一刀のもとに片付いてしまう。その後聞こえるのは雨の音だけである。侠客政吉を演じる片岡千恵蔵の静かな立ち振る舞いに、文子は心を惹かれた。監督の名を意識した最初の作品だった。

文子は駅前の自宅から天保山の被服廠まで自転車で通った。だが二年目で退職することになった。母が脳梗塞で倒れたからである。病状は比較的軽くまもなく回復したが、左手と左足に障害が残った。二人の姉はすでに嫁いで横浜と朝鮮に住んでいたから、父母の世話は十七歳の文子一人にのしかかった。頼りは近所に住む叔母の雅子だけであった。雅子は父の妹で、何かと力になってくれた。

「ねえ、文ちゃん。何とかしないと今のままじゃいかんわい」

雅子が心配しているのは、文子が軍需工場へ徴用に取られることである。戦況が厳しくなるにつれ、男女を問わず若い民間人は根こそぎ駆り出されていた。近隣町村や島嶼部からだけでなく、遠く沖縄からも女子挺身隊の名のもとに多くの若い女性たちが今治の工場に出向き働いていた。

「それでね、おばちゃん考えたんじゃけど、ほら隣の新聞社の通信局よね。あそこの社員ということにしてもろたらどうじゃろ。今だって、文ちゃんが時どき電話を取って武田さんに伝言しよるんじゃけん、社員みたいなもんよ」

嘘をつくのは嫌だったが、文子は雅子の妙案を呑むことにした。炊事もままならぬ母をほったらかしてまで軍需工場へ通うことはできない。幸い武田記者も形だけならと快く社員採用の手続きをしてくれ、自分で市役所の係りまで届けを出してくれた。実際、武田は独り身で、取材に出てしまうと電話を取るのは隣の文子ぐらいしかいなかったのである。

こうして文子は両親の介護や世話に専念できたが、世間に流通する物資は次第に乏しくなり、日常生活への締め付けだけが強くなった。中学生や女学生など学徒も勤労動員され、馴れない手付きで機関銃の弾や航空機部品の製造に汗を流した。

昭和二十年五月八日のことである。文子は郊外の龍岡村に住む友達の喜代子に誘われ、朝早く家を出て蕨を取りに山へ登った。山々は新緑に満ちて久しぶりに清々しい気分に浸ることができた。すべてを忘れ夢中で蕨を探していると、遠くでドン、ドンと爆弾が炸裂するような音が断続的に響いた。しばらくすると喜代子が息を切らしながら走って来た。

「文子、大変よ。今治が空襲されよる」

「えっ、本当？」

「本当よ、その上まで登ったら見える。B29も見えるから」

急いで喜代子の言う場所まで上り詰めると、樹木の間から今治市街が一望できた。一瞬、文子は息を呑んだ。数カ所で黒煙が立ち昇り、炸裂音がすぐ身近で聞こえた。B29のジュラルミンの機体が朝日に反射して、キラキラと輝いている。数機が低空飛行で波状攻撃をしているのが分かる。

まるで映画でも見ているような錯覚を覚えた。同時に「ハワイ・マレー沖海戦」の一場面が脳裏に浮かんだ。続いて観客の拍手とどよめきが聞こえた。

「復讐されとるんよ」

思わず口から漏れた。

「えっ？　何のこと」

喜代子が訊く。

「真珠湾の復讐を、今治が受けとるんよ」

そう言ってから、文子はハッと我に返った。早く家に帰らないと。文子は蕨の籠を喜代子に押し付けると、走り出した。

「今帰ったら危ないけん」

背中で喜代子の悲痛な叫び声が聞こえたが、文子は振り向くことなく走った。

三

両親の葬儀は簡素に済ませた。誰もが人の死に慣れ始めていて、特別な感情を出さなかった。運が悪かったと言えばその通りで、それ以上の言葉が見つからなかった。爆弾の投下は駅周辺に集中していて、この地区だけで三十人余りが亡くなっている。文子の家にも直撃弾が命中し、両親は崩れ落ちた屋根の下敷きになった。武田記者は幸い外出中で助かったが、事務所のある家屋は全壊した。

二人の姉たちは葬儀の二日後に相次いで帰ってきた。汽車と船を乗り継ぎ、疲れ切った表情で変わり果てた父母の遺骨に手を合わせた。そして一息吐くと、横浜に住む下の姉が文子の前に座り直し、説教を始めた。

「あんた、いつ空襲があるかわからん時に、よう蕨なんか取りに行ったもんね。家におったら第一小学校の防空壕へ父ちゃんも母ちゃんも連れて行けたのに、あんた、もう二十歳になっとるんよ。いい大人が何をしよるんね」

だが朝鮮の釜山に住む上の姉は、冷ややかに言葉をさえぎった。

「もうええ。済んだこと言うても始まらん。文子が助かっただけでも良しと思わんと」

そういってハンカチで目を押さえた。

この年の八月五日、今治は三度目の空襲を受けた。深夜から未明にかけて焼夷弾が雨霰のように降り注ぎ、炎に巻かれて死者は四百五十人を超えた。大火により台風のような強風が地上に巻き起こり、熱風と煙の中を人々は走って避難した。市街の中心部は一面の焼け野原となり、その十日後に終戦の日を迎えたのである。

上朝倉村の親戚の家で、文子はしばらく心の虚脱状態から抜け出せなかった。祖母の病死は仕方ないとして、父と母を助け出すことが出来なかった点で、悔いが残った。同時に天涯の孤児になったような心細さを感じた。そんな中、釜山の姉一家が今治へ引揚げてくるという電報が届いた。どうやら雅子の世話になりながら家を再建し、文子と一緒に住もうという考えらしい。だが文子の気持ちは弾まなかった。むしろどこかに部屋を借りて、独りで暮らしたいと思った。

十月。文子は運行が再開されたバスに乗って、久しぶりに今治を訪れた。市内はあちこちにバラックが建ち始めていたが、まだ復興の兆しは鈍かった。駅前や港務所付近には闇市ができ、ヨシズ張りの露店が数十件並んでいた。そこの値段は配給品の十倍以上すると聞いていたが、それでも多くの人がたむろしている。

文子は雅子の家に寄って自転車を借りると、真っ直ぐ海へ向かって走った。なぜかペダルが軽かった。

天保山の海岸は雲が低く垂れ込め、沖の方でわずかに日の光が斜めに射し込んでいる。海は柔らかな灰色だった。誰もいないと思っていた海辺に、ひとつの人影があった。無心で泥を掘り返しているようだった。

この海岸は子供の頃、よく泳ぎに来たものだった。遠浅で、夏になるとかなり沖の方まで三層にも五層にもブルーの色あいが変化し、見飽きることがなかった。足に絡む熱い砂や乾いた潮の香りが、今では懐かしい。大潮の後は鱝が出るから海に入らぬように、と父から釘を刺されたこともある。その父はもういない。

人影は兵隊服の若い男だった。ズボンの裾を捲り上げ裸足でバケツを下げて文子の方へ近づき、ふと歩みを止めた。

「あれ、ふーちゃんじゃろ」

「えっ？　あんた誰？」

文子は驚いた。自分を「ふーちゃん」と呼ぶのは祖母だけで他の人から呼ばれたことはない。

「第一小学校で同級やった羽藤陽平よ」

「ああ……」

ようやく思い出した。彼は尋常を卒業して今治中学校へ進学したので、その後ほとんど顔を合わせていないが、確かに当時の面影が残っている。文子は急に自分の表情が崩れるのを感じた。六年生の頃、陽平はひょうきん者でよく級友を笑わせたが、成績は優秀で中学合格も教師から太鼓判を押されていた。

「それで羽藤君、いま何しよるん」

「子エビ採っとった。おふくろに食わしてやろう思って」

「違う。普段の生活よ」

「生活ゆうでも、国敗れて山河ありじゃけん、見ての通り遊んどる。愛媛師範を卒業した途端、兵隊に取られてしもうて、徳島の眉山連隊に入営したんじゃけど、そこで終戦になってしもうたんよ」

「そう、じゃあ小学校の先生になるん？」

「うん、そのつもりやけど。いま実習の連絡待ちということろかな。何しろ市役所までが丸焼けになってしもうたけん」

二人は渚に沿って歩き出した。潮を含んだ初秋の風が快い。

「それで、ふーちゃんは？」

「ふーちゃんはやめて。わたし、もう二十歳なんだから」

「そりゃあ同級じゃけん、わかっとるけんど。思い出すなあ」

「何を？」

「雨が降り始めて、君のおばあちゃんが傘を学校に届けてくれたのはいいんだけど、津倉文子と言わずに、これ、ふーちゃんに渡してとだけ言うて帰ってしもたんよ。俺、一生懸命考えてさ。君と分かるまでに相当時間が掛かったよ」

「ふふふ、それは迷惑だったわね」

「あのおばあちゃん元気？」

文子は立ち止まって、首を横に小さく振った。

「死んだの、戦争が始まる前に。それから空襲で両親も」

「そうか、知らんかったよ」

陽平は急に声を落とした。そしてバケツを置くとズボンのポケットから小さな二つ折りの紙片を取り出した。

「なあ、映画見にいかんか。優待券が二枚あるんじゃ」

「映画ゆうても小屋がみんな焼けてしもうたのに」

「波止浜の有楽座が残っとる」

「えっ？　本当」

「ほら阪妻の『無法松の一生』じゃ。シナリオは伊丹万作ぞ」

ガリ版刷りの粗末な紙の優待券だったが、陽平の目は輝いていた。ふとつられて文子も笑った。しかしその笑いは、どこかぎこちないことが文子には分かっていた。

戦争中に遠ざかっていた映画への熱い想いが文子の胸の中で一挙にはじけた。厚い黒雲を貫いて一条の光が射し込んできたような明るさを感じて、めまいがしそうであった。

二人は自転車を並べ波止浜街道を北に向けて走った。道筋には空襲で焼け爛れた木材や瓦礫がそのままになっていた。六角形をした細長い焼夷弾の筒も、あちこちに放置されていた。

波止浜は塩田と造船の町である。空襲を免れたので一時的に今治から多くの人が流れ込み、今も避難生活が続いている。有楽座は町でただ一軒の芝居小屋だったが、町民の要望で映写設備を整え映画館も兼ねるようになった。しかし戦時中は休業状態となり、この九月から三年振りに上映を再開したらしかった。

文子は陽平と並んで長椅子に腰を下ろした。場内は意外に客が多く見覚えのある顔もあった。

誰に見られてもかまわない、もう民主主義の世の中なのだと文子は思った。どこか二ヵ月前とは違う開放感が漂っていた。

この日、文子は久しぶりに映画の懐の深さを堪能した。昔気質の人力車夫・松五郎を演じる阪東妻三郎の好演が光り、鮮烈な祇園太鼓の響きとともに感動がずっしりと胸の奥まで残った。

映画が終わって外へ出ると、夕闇が迫っていた。文子と陽平は、また自転車を並べて波止浜街道を帰途についた。

「阪妻の松五郎がひそかに心を寄せる園井恵子という女優だけど」

「ええ、吉岡夫人ね」

「広島のピカで爆死したんや、丸山定夫と一緒に」

「まあ、そうだったの」

美人薄命という言葉が文子の胸に浮かんだ。陽平はそれからなぜか寡黙になり、今治に着いて別れ間際に、

「フミさん、また会うてくれる？」

と言った。

「はい」

と文子は短く返事した。陽平は好青年だったし断る理由は何もなかった。

「日本は今ペッシャンコでどん底やけど、やがて復興する。もうすぐ僕らの時代が必ず来ると思うんや。僕らの世代が新しい日本を築いていかんと」

「ええ、そうやね」

文子は明るく相槌を打った。本当にそうだと思った。ほとんど相手の表情が見えないくらい夕闇の暗がりの中での会話だったけれど、陽平の声は希望に満ちてしっかりしていた。

しかし羽藤陽平からは、それっきり何の連絡もなく、寒風が吹き荒ぶ年の瀬を迎えた。文子は自分が独りであるという現実を痛いほど噛み締めた。新しい年にもし希望があるとしたら、それは映画を見ることだけだと文子は思った。「無法松の一生」の中での台詞、吉岡大佐未亡人が息子の敏雄へ投げかけた言葉は、今も文子の心の片隅に残っていた。「あなたも松五郎さんのように、思ったことをズンズン進めていく強さを持たないといけませんよ」。

四

新年が明けて春一番が吹く頃になると、街の中心部にも復興の建物が姿を見せ始めた。戦後、最初の映画館が今治に出来たのも、この頃だった。焼け残った煉瓦造りの倉庫を改装して、東宝シネマ館が営業を始めると、復員兵や外地からの引揚げ者など娯楽に飢えた人々が詰め掛けた。

エンタツ、アチャコ、ロッパ主演の「東京五人男」や大河内伝次郎、山田五十鈴主演の「或る夜の殿様」などが封切られただけに、映画会社は他愛のない喜劇でお茶を濁した。この年、映画製作を本格的に再開出来たのは東宝と松竹だけであった。

文子は叔母雅子の世話で中華民国華僑帰国援助会の今治出張事務所に勤めることになった。これは帰国を希望する中国人を面接し、その事務手続きをする仕事であった。最初の年こそ忙しかったものの、年ごとにひまになり、昭和二十四年三月末には松山事務所に統合されてしまった。


失業した文子は毎日のように映画を見て過ごした。京町の歓楽街は昼間からレコードが鳴り響き、映画館が軒を並べていた。文子は、その京町にある京楽館や、そこから少し離れた金星川沿いの金星映画劇場へよく足を運んだ。また東宝シネマでは石坂洋次郎原作の「青い山脈」が話題になっていて文子も見た。古い封建的な衣を脱ぎ捨てた明るい青春ドラマで、服部良一の「若く明るい歌声に…」で始まる主題歌も若者の間でヒットした。

京楽館では「悲しき口笛」のポスターの横に並んで「映写技師求む、見習い可」の張り紙があった。ポスターの方は何度か新しいものに変わったが、張り紙はそのままだった。墨の文字が西日に当たりかなり薄くなっているように思えた。

文子は逡巡した末、応募することにした。駅前の公衆電話から連絡してみると、事務員らしい中年風の女性が応対に出た。

「テケツとモギリは間に合っているんですけど」

テケツとは入場券の販売係を指す言葉らしかった。

「いいえ、映写技師の方を応募したいんです」

「あなたが？」

「はい、見習いで」

しばらく沈黙があり、「ちょっとお待ちくださいね」と言ってから、相談するような声が電話の向こうで聞こえた。やがて「今から来れますか」と言うので、文子は「伺います」と答えた。

この日、京楽館の事務室で、経営者である阿部耕三郎と初めて顔を合わせ面接を受けた。阿部は市内に、金星映画劇場と今治スバル座を含め三つの映画館を持っている。戦前は大阪で鉄のブローカーをしていたが、戦時中に古里に戻り父親からこの仕事を引き継いだらしい。戦後再開したのは東宝シネマ館に次いで二番目だったが、なかなかのやり手だという評判を聞いている。

頭髪をきちんと七三に分け、ポマードの匂いがわずかに漂ってくる。長身で紳士然としているが、声は妙に甲高い。便箋に書いた履歴書に目を通してから、阿部は少し不機嫌そうに口を開いた。

「あなたにやれますかねえ。条件は決して良くないですよ。映写室は狭くて夏は暑いし冬は寒い。フィルムは可燃性だから練炭を持ち込むわけにもいかない。給料も見習いだと二千円しか出せないけど、それでいいですか」

「はい結構です」

文子は答えた。内心不安があったが、引き返すつもりはなかった。映画以外に心の拠り所がない以上、雇用条件など二の次でしかなかったのである。

「女の子はお嫁に行ってすぐに辞めてしまうから、あまり雇いたくないんですよ。テケツやモギリの仕事ならその日から出来るけど、技術を覚えてもらうには、それなりに時間が掛かるし」

阿部は本音を漏らした。

「あなたならタオルか縫製の方が向いてるんじゃないですか？　景気も上向きだから給料も弾んでくれますよ、ウチより」

「わたし、当分結婚はしません。いえ、仮に結婚したとしても仕事は辞めるつもりはありません。とにかく映画に関わる仕事がしたいんです」

文子はきっぱり言った。自分でも驚くほどの語気の強さだった。

「ほう……そうですか」

阿部はやや怯んで苦笑いし、履歴書を机の上に置いてから、

「じゃあ、やってみますか」

と言った。文子は即座に椅子から立ち上がり、

「よろしくお願いします」

と頭を下げた。四十五度の最敬礼角度であった。阿部はもう一度苦笑いをした。

こうして文子のシネマ人生が始まった。昭和二十四年の春のことである。この年、GHQは為替レートを一ドル三六〇円に決定し新聞に発表した。日本経済もようやく国際社会へ仲間入りが許され、復興へ向け動きだした。

翌日、文子は指定されたとおり午前十一時に出勤した。勤務は二交代制で、早出が朝十一時から夕方五時まで、遅出は五時から夜十時までとなっている。これ以外にも学童向けの早朝上映や、夏には十時からナイトショウもあるらしい。ただ週に一度は通しで丸一日の勤務となる。また四日に一度は宿直として泊り込まなくてはならないらしい。

上映が始まるのは正午だった。それまでの一時間は映写機の手入れと準備が必要だった。何しろ年中休日なしで回し続けているだけに、機械の疲労が進むのも早いのである。

出勤すると、阿部社長は文子に一人の男を紹介した。四十を少し超えたと思われる目の優しい映写技師だった。

「技師長の合田さんや。この人について勉強してください。分からんことがあったら、何でも訊いたらええ」

そして合田には、

「若い女や思て手加減せんでええから、しっかり仕込んでや。早よう一人前になってもろたら、あんたも楽になるんやから」

とだけ言ってすぐに姿を消した。昨日は気付かなかったが阿部社長の言葉尻には大阪弁がほんのり臭う。合田尚吾はしばらくの間文子の顔を眺めてから尋ねた。

「君、この仕事の経験は？」

「ありません。初めてですので、よろしくお願いします」

「そうか、まあ女にはちょっときついかも知れんけど、やる気は充分みたいやから頑張ったらええわ」

「はい」

文子は早速二階の映写室へ案内された。ロビーから階段を上ると行く手は客席と映写室に分かれる。映写室はさらに三段ほど高く、入口は人一人がやっと通れる幅しかない。

内部には黒い悪魔のような形をした映写機が二台、客席に向かって立っている。一方の壁面には電気のスイッチがびっしり並び、そしてもう一方はフィルム缶やさまざまな機材を置く木造の棚がある。正面は小さな映写窓と覗き窓が二つずつ開いている。華やかな物語を映し出す舞台裏は、スクリーンの中の世界とは対照的に薄暗く狭かった。

合田は腕を上下させて全てのスイッチをONに入れ終わると、文子の方に向き直った。先ほどと違って真剣な目に変わっている。

「これは技師の免許がなければ法律上操作ができん。いずれ試験を受けてもらうとして、きょうはイロハのイ、つまり基本だけ説明しておくから頭に叩き込むように」

そう言って合田は棚からフィルム缶を一巻取り出した。

「映画一本は普通、これを一巻として八巻から十巻の長さで出来ている。一巻はだいたい十分や。そやから二台の映写機を使うて交互に切れ目のないように映さんといかん。映写機は左が一号機、右を二号機と呼んどる。仮に一号機に一巻目をセットするとしたら、三巻目、五巻目と奇数の巻になる。必然的に二号機は二巻目、四巻目と偶数巻になるわな。分かる？」

「はい、分かります」

文子は大きく頷いた。

「朝来たら、まず機械を乾拭きして油を注すところは注して、それからニュース、予告編を一号機に、本編の一巻目を二号機にセットすること。今からそれをやるから、見といてや」

合田は缶からフィルムを取り出し、映写機上部の丸いリールカバーを開けて馴れた手付きでセットしていく。中央部の複雑な迷路にフィルムを挿し込み、その端を下の空のリールに繋いだら完了である。同じように二号機も手早くセットする。

「これで第一回目の上映準備完了や」

「はい」

「ニュース、予告編の上映が終わったら二号機に切り替え、この間にフィルムを外して二巻目をセットする。外したニュース、予告編はそこの手回し機で巻き戻して元の缶に収める。まあこの繰り返しや。終った缶は必ず右側の棚に置く。これを間違えると同じシーンを二回映してしまうことになる。技師として最低のチョンボや」

　ここで合田は初めて白い歯を見せた。つられて文子も笑った。どうやら堅実に見える合田も昔はチョンボの経験があるらしい。

「技師は常時二人いる。と言うのは切り替えの時、スイッチを切るのと入れるのを同時にやらんといかんから、一人では難しい。二人が呼吸を合わせてタイミング良くやらんと、ちょっとでもずれたら絵が重なったり画面が白く飛んだりする。客に気付かれんようにスムーズに巻から巻へ繋いでいくのが、技師の腕の見せどころや」

「そのために技師に免許がいるんですか」

　文子は初めて質問した。

「いや、そうやない。フィルムが可燃性で、光源はカーボンを燃やすわけやから危険な仕事でもあるんや。それで正しい手順で機械を操作できるように免許制になっとる。君、電気の知識は？」

「さっぱりです」

「そうか、さっぱりか。まあ今からでも勉強してもらわんといかん。カーボンを燃やすのも電気のプラスとマイナスから生まれる火花を利用しているわけやから」

「光源は電球だと思い込んでいました」

「電球では大きなスクリーンまで強い光が届かんよ。このカーボンが映写機の心臓みたいなもので、燃焼する光を一旦ミラーに反射させ、フィルムとレンズを通ってスクリーンに届くということや」

「はい」

「カーボンは燃えてだんだん短こうなるから、取り換えるタイミングも大事やな。早い目に換えると勿体ないし、遅れると上映の最中に切れてしまう。カーボンは高価やからその見極めに気を遣うんや。それから燃えてる間は絶対に手で触ってはいかん。熱は三千度以上あるから指が水膨れになるくらいでは済まん。真っ白になって皮膚が死んでしまうんや。僕は白い指先をした同業者の男を何人も見てきたよ」

文子は思わず自分の手を眺めた。

「とにかく、きょうは何もせんでええから、僕のやることを見て基本的な仕事の流れを覚えることやな」

合田はそう言って部屋から出ていった。急に肩から力が抜けて、文子はホッと小さな溜息を吐いた。壁の時計はすでに十二時十五分前である。小窓から客席を覗いてみると、数人の客の姿が見えた。いよいよ始まるのだと思った。初舞台の幕が上がる直前のような緊張感があった。これまで観客の一人でしかなかった自分が、今こうして映写室に立っていることの不思議さを、文子は改めて噛み締めていた。

五

文子は風呂屋から帰るなりラムネをラッパ飲みし、畳の上にゴロリと寝転がった。本当に疲れたのは身体ではなく神経の方だったかも知れない。お勤めの初日はたいていこんなものだろうけど、明日が本番のような気がした。技師長の合田尚吾はいい人だった。五時に交代した遅出のコンビ、京極弓雄と品部一郎の二人も印象は悪くなかった。京極は五十過ぎのデップリ型で、品部は三十そこそこの痩せ型だった。ちょっと親子コンビに見えないこともない。

今頃あの二人は映写機を回しながら、わたしの噂をしているかも知れないと文子は思った。

京極「女の映写技師なんて聞いたことがないのう」

品部「時代が変わったんじゃけん、これから増えてくるじゃろ」

京極「きょうの新人、どう思う？　続くと思うか」
品部「俺はやる気があると感じたなあ」
京極「いいや、わしは短いと思う。もしかしたら、きょう一日でケツを割るかもしれん」
品部「それはないじゃろ」
京極「いいや、ようもって三日坊主ならぬ三日姫じゃあ。五十円賭けるか？」
品部「よし賭けた」
京極「この男臭い部屋に若い女は似合わんぞい」
品部「おっと、オヤジさん切り替えじゃ」
京極「ほいきた合点承知の助」

　というような会話が交わされたかも知れない。賭けに勝ったのは、もちろん若い品部の方である。

　翌日、文子は早速フィルムのセットと終わった巻の巻き戻しを任された。セットはさすがに神経を遣う。もしフィルムの送り穴が歯車の突起にぴったり嵌まり込んでいなければ、フィルムを傷めるだけでなく映写機自体の故障に繋がる。合田の手の動きを何度も見ているのに、いざ自分でやろうとすると、なかなかスムーズにいかない。文子は額に汗が滲んでくるのを感じながら、それでもようやくセットを完了した。

合田がすぐに点検する。

「ＯＫ」

の声に安堵した。

「二号機も頼むよ」

「はい分かりました」

文子はハンカチを出して額を拭った。きのうは巻き戻しだけを手伝い、その時フィルムの感触を手で楽しんだが、もうそんな余裕はなかった。

上映作品はきのうと同じく小津安二郎監督の「晩春」である。ブザーが鳴って場内アナウンスがあり客席が暗くなった。

「よし、行くでェ」

合田は文子に声を掛けて一号機のレバーを引いた。カーボンが点灯しリールが軽やかな音をたてて回り始める。歯切れのいい賑やかな音楽とともに「日本ニュース」のタイトルが出た。天皇陛下巡幸の場面が映し出されている。帽子を片手ににこやかな笑顔の陛下と手旗を振って歓迎する大勢の民衆たち。戦前戦中のニュースでは、天皇が映る前に必ず「脱帽」という大きな字幕が出て、映画の観客は被り物を取ったものである。今では天皇の方が礼儀正しく脱帽している。時代はすっかり変わったのである。

やがて「晩春」が始まった。文子は一号機からフィルムを外し、一巻目のセットを終えると、ニュースを巻き戻した。缶に収め指定の棚に置く。スクリーンを覗くと優雅な茶会の場面であった。原節子、杉村春子、三宅邦子の艶やかな着物姿が見えた。

「ええか、目を離すなよ。もうすぐ最初のポイントがでるから」

合田が声を押さえて言った。

「えっ？　ポイントって」

「切り替えのポイントよ。画面の右上の角に黒い丸が二回出る。茶会から帰った原節子が家の玄関の戸を開けるところで予告ポイント、玄関の内側へ入ったところで本番ポイントが出る。その二度目のポイントが切り替えの合図や」

「はい」

と返事して目を凝らしていると確かに黒い丸が出た。それからわずか五秒後、丸が出ると同時にカシャンとレバーを引いて合田は二号機に映像と音声を切り替えた。なるほどと文子は感心した。きのうは何も分からず、ただぼんやりとスクリーンを見ていたが、合田は無言でポイントを待っていたのである。

文子が三巻目をセットし終ると、

「番組が変わったら、初日にその映画のポイントを全部覚えてしまうことやな。どの場面で変わるか俳優の動きや背景の特徴で覚えるんや。そしたら二日目から楽になる。今の映画やったら、笠智衆と三島雅夫が顔を合わせる場面が二回目の切り替えになる」

と合田は説明した。観客にとって憧れのスターであっても、映写技師にとっては将棋の駒の一つでしかない。その駒の動きを頭に叩き込むことが何よりも大切なのである。文子は自ら飛び込んだ仕事の実相を、初めて理解したような気分になった。

それでも「晩春」で原節子と宇佐美淳の二人が自転車を並べ、茅ヶ崎の海岸を髪をなびかせて走る長いシーンは、羽藤陽平との記憶を甦らせた。終戦の年だけに映画のような美しさも甘さもなかったけれど、文子にとっては戦後への確かな一ページであった。

それから二ヵ月が過ぎた。文子は映写室の中ばかりでなく、いろいろな下手間の仕事もこなした。フィルム缶を荒縄で縛り、駅の小荷物取り扱い窓口まで自転車で運んで発送したり、あるいは引き取ったりした。フィルム缶も映画一本分八巻から十巻になると結構重たい。しかも長い汽車運送の途中でバラけないよう縛るためには、力とコツが要る。その技術も技師長の合田に教わったが、合格点をもらうまでには数日を要した。手のひらがヒリヒリ痛み、普通に手が洗えない日々が続いた。

時には風呂屋のポスター貼りも手伝った。専属の使用人が一人いるのに病弱でよく休んだので文子が代役を務めた。この頃市内には風呂屋が四十軒ばかりあり、全軒回るのには骨が折れた。館名をぶら下げたポスター二枚と店主に謝礼として渡す優待券十枚をワンセットにして自転車で配るのであるが、ほとんど自分で脱衣所に上がって貼り出さねばならなかった。女湯はともかく、男湯では目のやり場に困ることがあった。客の多い時間帯では湯気に当てられて、知らぬ間に顔が紅潮した。

文子は美空ひばりの「悲しき口笛」の歌詞を口ずさみながら自転車を走らせた。この映画は入社したばかりの頃上映していたので、何度も繰り返し聞いているうちにメロディーが身体の奥まで染み付いてしまったのである。

丘のホテルの　赤い灯も
胸のあかりも　消えるころ
みなと小雨が　降るように
ふしも悲しい　口笛が
恋の街角
露地の細道　ながれ行く

六

　そんなある日のこと、文子は合田から二級の試験を受けてみないかと薦められた。来月松山で県下統一の免許試験が行われるという。午前中に堀之内の旧陸軍練兵場建物で筆記試験が、午後から松山市内の映画館で実技があるらしい。もし合格すれば、晴れて公認の映写技師である。だが文子は受かる自信がなかった。というより、ほとんど白紙に近い状態だった。そんな文子の顔色を見て合田は、

「実技の方は僕がこれから一週間かけて特訓する。筆記は問題集を貸してあげるから家で勉強したらええ。君は呑み込みが早いから大丈夫や」

　と励ました。文子は高等小学校を卒業以来、小説類は読んだが勉強はした覚えがない。今さらながら学歴の無さを情けなく思った。だが免許を取らなければ今の仕事を続けることはできない。合田の期待に応えられるかどうかは分からなかったが、ここは全力でぶつかってみようと思った。

　それから特訓が始まった。早出の時は一時間早く出勤し、遅出になると一時間居残って合田は文子を指導した。映写機各部所の名称から基本操作、画面と音声の切り替え操作、フィルムが切れた時の繋ぎ方、防火、消化の知識などを具体的に教えた。フィルムを繋ぐ作業はすでに経験済

みだが、一定の限られた時間内に出来るかどうかは別だった。五ミリ幅ほどを紙ヤスリで擦って膜を削ぎ落とし、専用の瞬間接着剤を塗って張り付けるだけであったが、両方の送り穴がピタリと合わねばならず、これに失敗するともう一度切断してやり直さなければならなかった。上映中に切れることを想定して、迅速な修復作業が要求されたのである。

平行して筆記試験の予想問題集にも取りかかった。傾向と対策はある程度絞られていたが、もともと理系に弱く、アンペアと聞いただけで頭が痛くなる文子にとっては、難問ばかりと言えるかも知れなかった。

六月のある晴れた日、文子は汽車で松山へ向かった。前日、阿部社長に会い、あした試験を受けに行きますと報告すると、ほら昼飯代や、頑張れよと言って自分の財布から二十円くれた。日頃はケチだと聞いていただけに意外だった。

汽車は時おり汽笛を鳴らしながら海岸線に沿ってくねくねと走った。瀬戸内の海はもう夏色だった。白い布を張った日覆舟数十隻が波間に点在し漂っているのが見えた。途中、北条駅で対向列車を待つために二十分ばかり停車した。単線だから仕方がないものの、文子は気分が落ち着かなかった。それでバッグから問題集と鉛筆を取り出して、もう一度おさらいをした。

この日受験したのは十五人だった。女性は文子一人である。誰もが物珍しげに文子の方を見た。たいてい若い男だが、中年風も何人かいた。配られたのはプリント三枚だった。試験は約四十分で終わり、試験官は用紙を回収すると実技を行なう映画館の地図を配った。そして午後一時に遅れないよう念を押した。

「俺、今度落ちたら次は広島で受けようと思うとる。愛媛は一番難しいと聞いとるけん」

出口でそんな話し声が耳に入った。見ると中年の男だった。文子は急に自信が崩れていくような気がした。

銀天街の大衆食堂でソバを流し込むと、文子は指定の映画館へ急いだ。それは大街道から少し東へ入り込んだ場所にあった。歓楽街らしく料亭やクラブ、バーなどの派手な看板が目を突いた。今治の京町にどこか雰囲気が似ていて親しみが持てた。昼間なので人通りの少ない中に、アメリカ黒人兵の姿があった。

ロビーには先ほどの受験生の顔がほぼ揃っていた。他に係官と試験官らしいいかめしい表情の四人の男たちがいる。係官は出欠を取ると、実技試験の説明を始めた。

「実技は二階の映写室にて一人十分程度でやります。順番は受験番号通り。まず試験官の皆さんを紹介しておきます。労働基準局松山事務所主事の吉永さん、県産業振興部商工労政課課長の広川さん、映画資材を販売しております丸岡物産の営業技術部長の田頭さん、それに愛媛県映写技術者連盟会長の長井さんです」

四人の肩書きを聞いただけで、文子は身震いし、心臓が高鳴った。今すぐここを出て家に帰りたいと思った。特に連盟会長は見事な白髪で四国の映写技師の草分けらしく、生きた化石のような印象の人物であった。

実技試験は、あっという間に終わった。基本操作の動きを審査したあと、付属装置の名称を矢継ぎ早に訊かれた。

「それは何ですか？」

「増幅器です」

「これは何ですか？」

「整流器です」

という具合であった。最後に白髪の連盟会長が、

「あなたは女性なのに、どうして映写技師を志したのですか？」

と尋ねた。予想もしなかった質問に慌てた文子は、

「映画が好きだから、見ることと映すこと。つまり娯楽と仕事を同時進行でやりたいのです」

と正直に答えた。老人は最初ポカンとしていたが、やがてにっこり微笑んで頷いた。

五日後、二級認定合格の通知が届いた。

七

ある日、合田は文子と食事の最中、登山の仲間に入らないかと誘った。

「山はええぞう。気分は爽快になるし、健康にもええ。僕らの仕事は暗く狭い場所に一日中いるから、大いに気分転換になる」

「でもあたしなんか、経験がないし足腰が弱いし…」

「だから、これから鍛えるんよ。まず石鎚山や剣山で身体の基礎を作って、それから穂高かな…」

「ええ？　もう穂高？」

「といっても目指すのは頂上やない。あくまで訓練よ」

「ああ、びっくりした」

「ぼくには山男の仲間が七人いる。そのうち四人が夫婦や。みんな明るいええやつばかりやから、安心してつきあえるぞ」

「でも、あたしには別世界みたい」

「基本道具のザックや寝袋、ピッケルなんかは安い店を知ってるから紹介してあげるよ」

「まあ現実的になってきたわね」

文子は合田のペースで話が進むので少し心配になってきた。

「一度みんなに顔合わせしとこう。全員が揃う日は少ないけどね」
「本当にあたしみたいな素人でいいのかしら」
「上等上等。尾瀬にはやっぱりハナショウブや」

だがこの話は仲間の一人が登山中に骨折したことで延期され、立ち消えとなった。

今治のタオル産業は戦後四年で急速に復興していた。都会の物不足を反映して、大阪の商社から多くの買い付け社員が押し寄せ、タオル工場を回って契約を取ろうと競い合った。機械はフル操業したが、原糸が統制されていたため仕入れが追いつかなかった。業者は仕方なく闇のルートに活路を求めた。この頃業界では「ガチャ万、コラ千」という言葉がひそかに流行っていた。機械がガチャと動くたびに一万円儲かり、闇の原糸取引をオイコラと警察に摘発されても千円の罰金で済むという意味であった。もっとも警察は戦後民主化され、オイコラ巡査は次第に消えつつあった。

阿部社長はタオル産業界の好景気を感じ取り、京町筋から港の方へ一筋入った所に座席数八百の新しい映画館を建てることにした。この頃の映画館といえば五百から六百程度の座席数だったので、かなり鼻息の荒い計画であった。名前はすでに「今治みなと映画劇場」と決めていた。

文子の月給は二級免許を取ったことで四千円になり、一年後、一級にも合格して六千円に昇給した。これで主任技師になれる資格ができたことになる。阿部社長は、ある日のこと文子を呼んで宿直の話を切り出した。

「十日に一回、月三回お願いしたいんや。合田君は、嫁入り前の娘さんやから免除すべきですと言うんやが、京極や品部の手前いつまでも特別扱いできんしなあ」

「分かりました。やらせていただきます」

「そうか、ようゆうてくれた。ホッとしたよ。ただしこの話は部外者には内密やで。君が一人で泊り込んでいることが外に漏れたらまずいけん」

「はい」

文子は意味を理解して頷いた。阿部は用件が済むと、鞄を下げてそそくさと外へ出掛けていった。このところ特に多忙らしい。

映画製作会社と興行主との関係は、この時期まだまだ不透明で不安定な時代だった。定期的にやってくる配給会社のセールスマンと直接価格交渉して、二本ないし三本セットで買い付けるのが普通だった。製作会社を特定しないので松竹と東宝、大映と新東宝などといった二本立ては決して珍しくなかったのである。阿部社長は週に一度は大阪へ出向き、情報収集に余念がなかった。

関西汽船の夜行便に乗り、朝着くと歓楽街を歩き回って最新の興行情報を仕入れ、時にはヒット作品を買い付けて帰ってくるのだった。阿部はいずれ製作会社一社と専属契約を結びたいと望んでいた。ただ興行は水ものだけに、どこの会社にするか決め兼ねていた。

嫁入り前の娘さん…か。文子は合田が述べたという言葉を胸で反芻していた。弁護の気持ちはありがたかったけれど、いつまでも女であることに甘えてはいられないと思った。入社して一年半が過ぎ、今では合田とほぼ対等に仕事をこなしている。始めの頃は毎日何度か叱られたけれど、もう注意される材料もほとんどない。それに娘には違いないけれど、結婚の予定がなければ、嫁入り前でも何でもないのだ。

昭和二十五年の秋、東宝の「また逢う日まで」が封切られた。戦争末期に大学生の岡田英次と画学生の久我美子が恋仲になるが、空襲に引き裂かれてしまうという哀しい話である。ガラス越しのキスシーンが評判を呼び、若い世代が詰め掛けた。文子は映写室の覗き窓からこのシーンを何度も見るうちに不自然さを感じた。二人は同じ部屋の中にいたのだから、別れ際にキスはできたのである。わざわざ汚れたガラスを挟む必要はないと思った。作品自体は優れているのに残念だった。ガラスが汚れていることに、ほとんどの観客は気付かない。文子が気付いたのは、六回目の上映の時だった。

黒澤明監督が大映京都に招かれて撮った「羅生門」は、ひどい不入りであった。怒った阿部社長は早々に打ち切ってしまった。続いて上映した美空ひばりの「東京キッド」は一転して大入りとなった。天才少女ひばりをエノケン・アチャコ、堺俊二など名脇役が支える歌謡人情喜劇で、題名はチャップリンの「キッド」を下敷きにしていることが文子にもすぐ分かった。

歌も楽しや　東京キッド
いきで　おしゃれで　ほがらかで
右のポッケにゃ　夢がある
左のポッケにゃ　チュウインガム
空を見たけりゃ　ビルの屋根
もぐりたくなりゃ　マンホール

この年の暮れにはジングルベルに混じり、ひばりの「東京キッド」のレコードが京町の繁華街を流れ、深夜まで人通りが絶えなかった。六月に勃発した朝鮮戦争の特需景気が、経営者たちの金回りに影響しているのかも知れなかった。
その暮れも押し迫って、文子に宿直の番がきた。金星劇場の事務所の奥に仮眠室があり、そこで毛布に包まり朝まで横になる。時には文庫本を読むこともあるが、疲れているのでたいていいすぐに眠り込んでしまう。京町筋と違ってこの辺りは静かで物音一つしない。

　ところが真夜中に目が覚めた。隣の事務室で音がする。ネズミではなさそうだ。抽斗を開け閉めする音だった。気味が悪かったが文子は護身用のバットを握り締め、ゆっくりとドアを開いた。小さな人影が見えたので思いきって電気を点けると、怯えた顔付きで丸刈りの中学生が立っていた。

「あんたは誰？　ここで何をしてるの」

　文子は叫んだ。怖いのでつい大声になる。

「ごめんなさい…スチル写真が欲しくて」

「写真？　誰の」

「美空ひばり…」

　そうだったのか。文子は安堵してストックの封筒から一枚引き抜いた。「東京キッド」で歌を唄う一場面である。それを渡してやると少年は笑顔になった。

「お姉さん、ありがとう」

「いい？　絶対二度とくるんじゃないのよ。それと今夜のこと、誰にも喋ったら駄目よ。分かった？」

「はい」

少年は素直に返事して姿を消した。この時、文子は戸締り忘れがあったことに初めて気が付いた。

明けて昭和二十六年三月、日本で初めての国産カラー作品、木下恵介監督、高峰秀子主演による「カルメン故郷に帰る」が東京劇場でロードショウ公開された。しかしプリントされたのはわずか十本だけで、地方では同名の白黒作品しか上映されなかった。

同じ頃、東横映画など三社が合併し東映株式会社が発足した。

八

仕事が休みになると、文子はよその映画館へ足を運んだ。今治駅前にあった洋画専門のスカラ座がお気に入りだった。「カサブランカ」「哀愁」「イブの総て」「真昼の決闘」などメロドラマや西部劇の区別なく何でも見た。

特に第一次大戦を背景にした「哀愁」は軍人のロバート・テーラーとバレリーナのヴィヴィアン・リーが出会い、「蛍の光」のメロディーに合わせて踊るシーンが印象的であった。楽士がキャンドルをひとつずつ消してゆき、最後に二人のシルエットが静止する場面がロマンチックだった。しかし新聞の戦死の誤報が悲劇を生み、ラストでヒロインが車に飛び込んで死に、多くの女性ファンの涙を誘った。文子にとっても「蛍の光」の甘美なメロディーがいつまでも耳底に残った。

ある日曜日の午後、モギリの美代子が映写室に来て文子を脇の廊下へ呼び出した。

「さっき事務所に電話が掛かったんよ。羽藤陽平いう人。津倉さん呼んでくださいって。仕事中で手が離せませんって返事したら、何時に終わりますかって訊くので、五時で交代です、言うて切ったんだけど、よかったかなあ」

「そう、ありがと…」

文子はその足で手洗いに行き、鏡を覗き込んだ。五月になったばかりなのに顔に汗が滲み、髪も乱れている。映写室の気温はもう三十度を超えているに違いない。首から下げたタオルも汗の染みが付いている。自分では気付かないけれど、終戦以来この六年間で確実に歳を取ったはずである。今頃になって何の用だろうか。

「すみません」

と言って映写室に戻ると、合田が、

「何かあったんか？」

と訊いた。

「いいえ、別に」

　文子は明るく笑って応えたものの、内心穏やかでなかった。合田の勘が鋭いことは知っている。陽平は五時にここへやって来るのだろうか。それはいいとして、逢うところを合田に見られたくないと思った。友達でしかないのに、変に誤解されることを恐れた。

　五時になり京極と品部が出勤してきた。

「暑い、暑い。ここの営倉はラジウム温泉じゃ」

「日が落ちるまでの辛抱ですよ」

　京極のたわいない冗談を、品部がやんわり押さえ込む。名コンビの登場である。

「合田さんよ、一度四人で行きまへんか、焼鳥とビール」

「松竹お得意のすれ違いやから、無理やね」

「だから十時ですよ、遅出組終了の十時。どうです津倉さんも」

　京極がジロリと文子の顔を見た。

「いいですよ。でも四人揃わないと意味がないんでしょう？」

　文子は答えた。

「僕は遠慮させてもらうよ、悪いけど京極さん」

「やっぱしあきまへんか」

　残念そうな目付きで、京極は品部を振り返った。

外へ出ると自転車がビッシリ隙間なく並んでいる。きょうが日曜日であることを思い出させてくれる風景であった。ポンと後ろから肩を叩かれ振り向くと、陽平の笑顔が目の前にあった。

「お久しぶり、文子さん」

「本当に」

「元気そうで安心したよ」

「ええ、まあ」

陽平はさっぱりした開襟シャツにグレーのズボンをはき、茶色の鞄を小脇に抱えている。前に逢った時はよれよれの兵隊服だったから、すっかり見違えてしまった。文子は作業着同然の格好を恥ずかしく思った。

「叔母さんに聞いてたまげたよ、君が映写技師やってるなんて」

「もう三年目になるんよ」

「ふーん……」

「それで陽平さんは？」

「今は日吉小学校なんや」

「そう、やっぱし先生になったんやね」

「そういうこと」

陽平の表情には余裕があった。教室で黒板を背に、児童たちを楽しそうに指導している姿が目に浮かんだ。

「ねえ、辰ノ口の扇屋で宇治金時でも食べんか」

「うん、いいわね」

二人は並んで歩き出した。初夏の西日が眩しかった。それにしても陽平はいつから映画館の前で待っていてくれたのだろう。文子が外へ出た時は姿が見えなかった。背後からそっと近づいてきたような気がする。宇治金時をスプーンで口へ運びながら訊いてみた。

「大分待ってくれたん？」

「うん。二時間ほど待ったかなあ」

「えっ？　本当に二時間も」

「種明かしをすると、中で映画見とった。『大江戸五人男』なかなか面白かった。監督が伊藤大輔やから見たんやけど、この監督は別名移動大好き、言うてダイナミックな移動撮影が多い。阪妻も右太衛門も良かったけど、花柳小菊が拾いもんやったなあ」

「拾いもんって？」

「可憐さとお色気とが混然一体になっとる。そう思わんか」

「こっちは仕事中やから、そこまではね」

「ごめん、つまらんこと言うてしもた」

陽平はわざと頭を掻いて見せた。

扇屋を出ると陽はすでに大きく西に傾き、少し風が立った。陽平は文子を内港に誘った。引き潮で海へ続く階段が大きく露出し乾いている。二人はそこへ並んで腰を下ろした。

「きょう、わたしに何か用だったの？」

「うん……実は僕に見合いの話があってね」

陽平は遠く沖の大島の方向に目をやりながら言った。文子は無言で次の言葉を待った。

「相手は条件の上で申し分のない人なんやけど、なぜか気持ちが動かない。このまま本当に結婚していいのかと不安になったんや。その不安というか疑問をとことん自分の頭の中で辿ってみると、文子さん、君に突き当たってしまった」

「どうして？」

「その前に、僕という人間をどう思う？」

「それは結婚の相手として」

「うん、それでもいい」

「分からない。わたしたち、まだ二度会っただけよ、小学校時代を別にすれば」

「そうやね。だけど男と女の間には直感というものがある」

「陽平さんはいい人よ。頼もしいし映画のこともよく知っているし。でも結婚というのは、本人二人だけの問題じゃなくて、家族や親族を巻き込むわけでしょう。仮にわたしが陽平さんとの結婚を望んだとしても、わたしは残念ながらお嫁さん失格よ」

「失格？　なんで」

陽平は怒ったように文子を見た。

「知っているでしょ、わたしは両親がいないし学歴もない。習い事ゼロだし料理もろくに出来ない。おまけにもうすぐ二十八よ」

「そんなこと、僕にはどうだっていい。大切なのは二人が力を合わせて新しい時代を切り開いていけるかどうかってことなんや」

「新しい時代？」

「そう、終戦の年の秋、僕らは偶然だけど天保山の浜で出会った。波止浜で映画を見て、別れ際に僕が君に何を言ったか覚えてる？」

「いいえ、ごめんなさい」

「新しい日本を築くのは、僕らの世代やって言ったよね。君の両親や丸山定夫や園井恵子の死を無駄にしないために、本物の民主主義を日本に根付かせなければならない。そう思った。でも今の日本はその方向に歩んでいないのや。アメリカの顔色を窺っているだけの国になってしもうた」

「わたしには難しいことは分からないし、とてもそんな能力なんかない」

「大丈夫、出来るよ。僕がいつも傍についているから」

「えっ？」

「文子さん、僕と結婚してほしい。返事は今でなくてもいい。真剣に考えてほしんや」

陽平はそう言って口を閉じた。陽が沈むと昼間の暑さが去って、辺りの気温は急速に落ちていたが、文子の胸の内には逆に熱いものが膨らんでいった。この時、きょうという一日が自分の人生を変えるかも知れない、と思った。

九

それから一週間後、羽藤陽平から封書が届いた。太ペンの万年筆でダークブルーのインクを使って書かれた文字は、大きく読み易かった。文面はまず先日の非礼を詫びていた。

「あなたと恋仲の関係でもないのに、突然結婚の二文字を出してしまって、驚かれたことでしょう。しかし僕にとっては、戦後六年間にわたる気持ちの蓄積の結果だったのです。恋や愛を語るプロセスを無視して、あの日を迎えたこと自体は反省しており、自責の念でいっぱいです。これまで何度かお姉さんの家を訪ね、あなたの消息を聞こうと思ったのですが、多忙で一日伸ばしにしていうちに、年月が過ぎてしまいました。先日のこと叔母さんと港でばったり会い、あなたの勤務先と独身のままでいることを初めて知ったのです」

手紙はさらに結婚について具体的な核心に触れていた。

「僕はあなたとの結婚に関し、母を説得する自信があります。学歴や年齢など全く気にする必要はありません。ただ、あなたが承諾して下さる場合、一つだけ条件があります。書くのは辛いのですが、やはり書かねばなりません。これは僕と母の共通の条件です。結婚後は今の映写技師の仕事を辞めていただきたいのです。勤務が不規則ですし、女性なのに宿直の義務があるというのはどうしても納得できません。映画なら僕も大好きですから、毎週でも一緒に見ることが出来ます。結婚後は二人の時間を大切にしたいのです」

文子は、三日の後、返事を書いた。三日の間、陽平のことを懸命に考え悩んだような気がするが、もしかすると何も考えなかったのかも知れない。

「拝復　あの日から十日あまり考へ抜きました。陽平様の御手紙も読ませて戴きました。それで御返事を伝へます。この話は無かった事にして下さい。私は今の仕事を辞めるつもりはありません。貴方様や母上様の御希望に沿えなくて大変心苦しいのですが、これからも仕事はずっと続けます。貴方様にはいつかきっと本当に相応しい人が見付かると信じております。もし御許し戴けるなら、今後は友人として御付き合い下さいまし。扇屋の宇治金時、大変美味しゅうございました。かしこ」

今週の映画は、新藤兼人監督の自伝的作品「愛妻物語」であった。これは森一生監督、長谷川一夫主演「銭形平次」の抱き合わせ作品として買い付けたものである。客の入りについては最初から期待していない。若いシナリオ作家に劇団民芸の宇野重吉、その妻に宝塚歌劇出身の乙羽信子という配役だった。周囲の反対を押し切って作家の卵と結婚し、なかなか芽の出ない夫を懸命に支えながら、まもなく病死する妻の悲劇を描いている。

文子は、目標へ向かって邁進しようとする男にとって、妻の存在がいかに大きいかを教えられたような気がした。同時に自分は乙羽の役の真似はとても出来ないと思った。

三ヵ月経って、陽平からハガキが届いた。活版印刷の結婚通知だった。余白に「また会いましょう。近いうちに」と小さな文字で書かれていた。

昭和二十七年十二月、今治みなと映画劇場が完成した。鉄筋二階建てで正面はアーチを多用した洒落たデザインである。その新しい事務室で初めて経営会議が開かれた。三館の支配人と技師長の計六人、それになぜか文子が呼ばれた。

阿部社長がまず口火を切り、新館を「今治みなと東映」と命名し、既存の一館を売却すると発表した。すなわち東映株式会社と専属契約を結んだことを公表したのである。東映については社歴が浅いだけに興行界の信頼度がまだまだ低く、契約を危ぶむ声も出ていた。阿部はこの風評を軽く笑い飛ばした。

「人に例えれば、大映は生意気な青年、東宝は中年太りのお父さん、松竹は足が弱りかけたおばあちゃんということになる。経験は豊富やが肝腎の頭が時代について行けない。そこへいくと東映は元気溌剌の若者や。将来は未知数やけど希望が持てる。大川博という社長は下関のフグみたいなお顔されとるが、なかなかどうして経営感覚はピカイチや。わたしはその可能性に賭けたんや」

と一席ぶち上げた後、当面の新プランを披瀝した。

「来月の正月興行は今井正監督の『ひめゆりの塔』や。正月から戦争映画かという声も聞いとるが、四千万円も投じた大作やから必ず当たると思う。映写スタッフについては合田君と津倉君の二人が新館へ行ってもらう。その他の編成変えについては後日発表する。ええな」

会議はすぐに終わった。結局発言したのは社長一人であった。文子は個人的に阿部社長から何か言われるのではないかと思ったが、別に話はなかった。

帰り道、合田にその疑問をぶつけてみた。

「社長は、あんたに期待しとるのやろなあ」

「わたしに？」

「ああ、映写スタッフは今十二人おるけど、あんたが一番若い。十年先のことを考えたら、期待がかかるんは当然やろな」

「経営者はいつも十年先を考えるんやね。わたしは今のことしか考えないけど、ふふふ」

「みなと東映の償却には十年以上掛かる。社長は決意の程をあんたにも見せたかったんやと思う」

「そら、責任重大やわ」

「そう、重大やで」

こうして新体制への準備が始まった。合田は昼間毎日のように新館へ通い、新しい映写機のテストに余念がなかった。その間、文子は京楽館をほとんど一人で切り回した。支配人は新館名のネオンを業者に発注し、スチール写真を渡して正月作品の看板を描かせた。偶然にも看板屋は沖縄激戦の生き残りだった。「わしに任せてください」と看板屋は胸を叩いた。

慌しい年の瀬だったが、文子は今年一年に見た映画を思い出していた。その中で、大映生え抜きの森一生監督が東宝に招かれて撮ったという「決闘鍵屋の辻」が忘れられなかった。脚本は黒澤明だった。これまでの時代劇には見られなかったリアルな人間描写が、この作品にはあった。例えば三船敏郎演じる荒木又右衛門が、決闘の相手を待つのに居酒屋へ入る。「酒、それに餅を焼いてくれ」と注文すると、親爺は尋常ならぬ様に身を縮める。やがて相手の一行の姿を認めると「親爺、勘定」と言って食卓の上に小銭を一つ一つ丁寧に並べてゆく。仇を討つ本人の数馬が「そんなことをしている場合ですか」とはやるが、「慌てて勘定を間違えたとあっては、後世の笑い者になる」と動じない。すぐに決闘が始まるが、人は人を斬り殺せるのか、という重いテーマが最後まで付きまとった。これまで見てきた時代劇とは一味も二味も違うと文子は思った。黒澤明がなぜ監督を他社の森一生に任せたのか、理由は分からないけれど、作品は成功していると思った。

年が改まり、いざ蓋を開けてみると柿落(こけら)としの「ひめゆりの塔」は大ヒットした。新物食いの興味も手伝って多くの老若男女が真新しいシートを埋め尽くした。作品自体も悲惨な沖縄戦の「ひめゆり部隊」の実態をリアルに描いて世間から高い評価を受けた。津島恵子や香川京子、それに岩崎加根子などを中心に、あとは無名に近い若い女優たちの体当たり演技が、見る人々の胸を打った。

ただ文子にとっては辛い仕事となった。銃声、艦砲射撃、爆弾の炸裂音、悲痛な叫び声を毎日のように聞かされると、どうしても父母の記憶が蘇ってくる。沖縄戦では一般市民を巻き込んで二十万人の犠牲者が出たので、今治の空襲とは比較にならないけれど、やはり心の傷痕は消えることがない。

この年はなぜか太平洋戦争を題材に取り込んだ映画が多かった。松竹のすれ違いメロドラマ「君の名は」三部作、家城巳代治監督の特攻飛行兵を描いた独立プロ作品「雲ながれる果てに」などが話題になった。翌昭和二十九年には、木下恵介監督の「二十四の瞳」が公開され、小豆島を舞台に高峰秀子扮する女先生と子どもたちの触れ合い、戦争の哀しみなどを淡々と静かに語り、多くの観客の涙を誘った。

「ひめゆりの塔」のヒットで会社の基盤を築いた東映は、時代劇路線に徹することを宣言し、京都太秦（うずまさ）撮影所の整備を急いだ。そして一年後には他社に先駆け、二本立て興行をスタートさせたのである。ポスターには必ず「時代劇は東映」の文字を入れた。

入社したばかりの中村錦之助、東千代之介を中心に、ベテラン大友柳太郎を加え「笛吹童子」「紅孔雀」など子供向け中篇冒険活劇シリーズを立て続けに公開した。これらの作品はラジオドラマで少年たちの人気を得ており、すでにヒットする土台ができていた。映画館には親子連れが大挙して押し掛けたが、このような現象を作り出したのは東映が初めてであった。

一方で片岡千恵蔵、市川右太衛門、月形竜之介など時代劇の大御所には、それぞれの個性に合わせた長編の企画を次から次へと打ち出した。「旗本退屈男」、「いれずみ判官」、「水戸黄門」などの人気シリーズは常に高い興行収入を約束した。

日本映画の老舗、日活が製作を再開したのは、これより少し前である。昔風の時代劇からスタートしたが、昭和三十一年、石原慎太郎の芥川賞受賞作「太陽の季節」の映画化を契機に現代劇へ大きく舵を切り、若年層に観客の標準を合わせた。この作品で無軌道なイメージを振り撒いた長門裕之は、かつて「無法松の一生」で松五郎に可愛がられる子役を演じた俳優だった。同時に脇役でデビューした石原裕次郎は、「狂った果実」で主役を獲得し、その長い脚と不良性でたちまち人気を急上昇させた。

十一

文子と合田は、ある日のこと事務所に呼ばれ、阿部社長からシネマスコープ方式の説明を受けた。アメリカではすでにこの方式の第一作「聖衣」が製作され、三年前に東京の有楽座と大阪の南街劇場で公開されている。

「要するにスクリーンが横長に変わるということや。スタンダードと比べ映写面積が約二倍になる。フィルム自体はこれまでと同じで、撮影の際は特殊なレンズを付けて左右を圧縮するだけや。映写では逆に左右だけ拡大するレンズを取り付ける。いわば大した金を掛けずに画面の迫力を倍増しようという映画人の知恵やな。東映ではもうそのシネスコ第一作の撮影が始まっとるらしい。ウチでも来月早々にスクリーンの拡張工事をやる。映写スタッフはその心積もりをしといて欲しい」

「今後は全ての作品がシネスコになるんですか？」

文子が質問した。

「恐らくな。大川社長に言わせるとトーキー以来の大革命や。確かに洋画を見る限り画質もこれまでと変わらん。当然他社もすぐ追い駆けてくるやろな」

「問題はその過渡期ですね」

と合田はやや不安げな表情を見せた。

「過渡期？」

「ええ。今の方式とシネスコを同時に上映する場合、レンズの装着と解除を繰り返すわけですから、その作業が余分に増えます。それにスタンダードとはピントの位置も変わるはずです」

「確かにな。だが時間の問題や。いずれ全部がシネスコになって、そんな作業もいらんようになる。恐らく一年も掛からんやろ」

阿部社長のこの予測はほぼ当たった。ただ小津安二郎監督のように、あくまで正方形に近いスタンダードの画面にこだわり続けた映画作家もいたのである。

昭和三十二年四月、わが国初の総天然色シネスコ作品「鳳城の花嫁」が東映スコープと銘打って全国で封切られた。主演は大友柳太郎であった。合田が懸念した通り楽屋は忙しくなった。ニュースと併映作品はスタンダードだから、映画ごとに特殊レンズの着け外しを繰り返さなくてはならない。このレンズは高価でずっしりと重い。もし床に落として割るようなことがあれば、代わりがないので上映そのものが出来なくなる。文子は両手で授かるように丁寧に扱ったが、馴れるまでは相当に神経を使った。

この年、他社でも次々とシネスコ作品が公開された。大映「地獄花」、東宝「大当たり三色娘」、日活「月下の若武者」、松竹「抱かれた花嫁」、そして新東宝「明治天皇と日露大戦争」がそれぞれ各社の第一号として封切られ、一斉にワイド時代に突入した。

翌昭和三十三年の正月、日活「嵐を呼ぶ男」が爆発的なヒットを記録し、石原裕次郎はデビューわずかで中村錦之助と並ぶ人気スターとなった。この年、日本映画界は観客動員数で年間十二億人を超える黄金期のピークを迎えたのである。

そんなある日、技師長の合田が身体の不調を訴え、まもなく入院した。銀杏や欅の葉が散り始めた十月中旬のことで、胃の摘出手術を受けたとの知らせが入ったのは、一ヵ月後であった。

十二

病室は相部屋で境目に衝立があった。文子が入ると合田尚吾はベッドに寝巻き姿で横になり、傍らに上品な初老の婦人が座っていた。

「やあ」

と合田は笑顔を作ってあいさつした。声は小さく袖から露出している二の腕も以前より細く感じた。

「具合はどうですか。技師長さん」

「うん、何とか生きてるって感じかな」

顔色は精彩がなく皮膚も乾いていた。映写室の合田とは別人のように思えた。

「社長もスタッフのみんなも心配しています。早く元気になって復帰していただかないと」

「うん、社長はきのう来てくれた。君も忙しい時にすまん」

そんなやりとりがあって、合田は横の婦人を紹介した。

「こちら森ソノさん。僕の遠い親戚に当たる人で、森一生監督のお母さんや」

和服姿の老婦人は軽く頭を下げた。

「えっ？　大映の森監督の……」

「そうや、今まで言わんかったけど金星映劇にもよく来てくれた」

「まあ、それはわざわざ、ありがとうございます」

「いいえ、お礼を申し上げるのはこちらの方です。いつも優待券をいただいていたんですよ」

森一生が旧制今治中学校の卒業生であることは、文子も聞いたことがある。その母が今もこの土地に住んでいたとは。文子は予想もしなかった不思議な巡り合わせに緊張し、胸が弾んだ。だが目の前に横たわっている合田の病状を思うと、喜びを表に出すわけにはいかなかった。

「津倉さん、あなたのことは以前に尚吾さんからお聞きしておりました。愛媛県で最初の女性映写技師とか。それも仕事熱心で弱音を吐いたり愚痴をこぼしたりなどは一度もないと聞きました。わたしも映写室の仕事は男の領域だと何気なく信じておりましたので、正直驚きました。でもこれからは仕事に男女の境界は、徐々になくなるかも知れませんね」

「恐縮です」

「映画の世界は華やかですが、ライトが当たるのはごく一部の人たちです。創る人と、そのフィルムを映す人の両方がいて初めて映画が成り立つのに、そのことに気付く者はほとんどいません。気付くのは上映中にフィルムが切れた時くらいでしょう。その意味でわたしは尚吾さんを尊敬しているのです」

ソノの静かな語り口を聞きながら、合田は満足げに微笑んで見せた。文子も同感だった。間違いなく森一生監督の母だと思った。

「わたしが若い頃の活動小屋は、映写室など無くて映写機が剥き出しでした。それも一台だけ。だから技師さんは『はい、一巻の終わり』と大声で宣言してから電気をつけてフィルムを入れ替えたものですよ。技師さんの顔が見え、声が聞こえたんです。ある意味ではいい時代だったのかもしれません」

「森監督は今、何を撮影されているんですか」

文子は尋ねてみた。

「雷蔵さんと勝新さんが主役で『薄桜記』という時代劇を撮っています。それがあなた」

とソノは一呼吸おいて続けた。

「脚本を伊藤大輔さんが書いてくれたんです。一生さんも張り切って特別に力が入っているようですよ」

幾つになっても母親は母親である。息子の活躍を念じる表情に変わっている。聞くと森は伊丹万作との親交が深く、出征中は手紙や映画雑誌を何度か送られたという。昭和十六年に書かれた「無法松の一生」脱稿直後の手紙には、この題名が森一生の氏名からヒントを得て付けられたと記されているらしい。

話の興味は尽きなかったが、文子は病院を辞することにした。表通りに出ると、なぜかソノが追い掛けてきた。

「ちょっとよろしいですか」

先ほどまでの表情と違ってソノは顔を曇らせていた。

「実は尚吾さん、あまり良くないんです」

医師によると、すでに癌が転移しており、退院しても仕事に戻るのは無理だという。

文子は無言のままでそこに立ち尽くした。路上の落ち葉が風で舞い上がり、戯れるように流れていった。

十三

この頃、文子がスカラ座で見た映画で特に印象に残ったのがフランス映画「モンパルナスの灯」であった。画家モディリアーニと、その恋人ジャンヌの貧しい生活を描いた実録風の作品で、画家には美男の評判が高かったジェラール・フィリップが、恋人には美貌のアヌーク・エーメが扮していた。モディリアーニはイタリア出身で彫刻家を目指していたが、三十五歳の時、結核性脳膜炎で早世する。画学生であったジャンヌはモデルも兼ねて献身的に尽くすが果たせず、正式に結婚することなく映画は終わる。文子が興味を惹かれたのは、パンフレットの解説だった。

　帰宅してゆっくり読むと、そこには映画で描ききれなかった後日談が記されていた。ジャンヌは画家の死の二日後の早朝に実家の六階から投身し、歩道の石畳に叩きつけられて死ぬのである。お腹には二人目の子供を身ごもっていた。享年二十一。文子にとっては衝撃的であった。どうして生き抜いてモディリアーニの子供を育てなかったのだろうか。自分には、どうしてもジャンヌの心が理解出来ないと思った。


　合田が退職して二年が過ぎた。文子は技師長に昇格し若い後進の指導にあたった。東映は次々と大作を封切り盛況であった。伊藤大輔監督「反逆児」、内田吐夢監督「宮本武蔵・第一部」、松田定次監督「赤穂浪士」など中村錦之助は休みなく出演し気を吐いた。今治みなと東映も満席が続き、東映本社から金一封が何度も届いた。

　しかし錦之助に続くスターと言えば大川橋蔵ぐらいで後が育たず、次第に苦しい立場に追い込まれていった。むしろ大映では市川雷蔵の眠狂四郎シリーズや、勝新太郎の座頭市シリーズがヒットし、時代劇のお株を奪われた格好になった。そこで美空ひばりや現代劇の高倉健を投入して当座を凌いだが、巻き返しの原動力にはならなかった。

一方、アメリカ映画の進歩は目覚しく、昭和三十四年、七〇ミリの大型画面で「ベン・ハー」が、また三十六年にはミュージカル大作「ウエストサイド物語」が本国で公開され、大ヒットした。このヒットに刺激を受け「アラビアのロレンス」「クレオパトラ」などが後に続き撮影を開始した。そんな中で新東宝が倒産した。文子はこのニュースを聞き、映画界の将来に一抹の不安を覚えた。

しかし二年後の昭和三十八年、東京丸の内のピカデリー劇場で「ウエストサイド物語」が公開されるとヒットし、七十三週、五百十一日という大記録を作った。文子は阿部社長からその話を聞き、希望を持った。この映画でジョージ・チャキリスという新しいスターが誕生した。

昭和三十九年、東京オリンピックが開催され終了すると、映画産業は急速に斜陽の道を歩み始めた。テレビの普及と娯楽の多様化、製作側のマンネリズムなどが原因であった。この年、今治でも映画館の廃業第一号が出た。将来に希望が持てないことを察知して、早々と見切りを付けたのである。映画界ではスターや監督による独立プロが次々と誕生し、大手四社は製作本数を減らしていった。

東映はこの年、それでも今井正監督「越後つついし親不知（おやしらず）」、同じく「仇討」、内田吐夢監督「飢餓海峡」など意欲作を製作し、三本ともキネマ旬報のベストテンに入った。

しかし前年に鶴田浩二主演の仁侠映画「人生劇場・飛車角」が予想外にヒットしたことから、

東映は路線変更する方針を打ち出した。その後しばらくは高倉健や鶴田浩二、藤純子が会社の屋台骨を支えることになる。

だがそういった男性路線も次第にマンネリして、客に飽きられていくのが文子にもわかった。観客席の雰囲気がすっかり変わってしまったのである。昭和四十年時代に入ると、もう子供や女性客はほとんど見られなくなった。特に昼間公演では不入りが続き、それも下駄履きの若い男ばかりで、場内は禁煙のはずが、煙草の煙でスクリーンの透視にも影響を与えるほどであった。夜の公演も三十年代後半と比較しても明らかに半減していた。全盛期に比べれば、観客数は五分の一に減少していたのである。

ふと文子は自分が映画の世界へ入社したころのことを思い出した。あのころは映画に夢を求める観客でいっぱいだった。進駐軍の統制により時代劇の製作が禁止されていたため、ほとんどが現代劇だったが、質の高い作品ばかりだった。「青い山脈」「晩春」「東京物語」「生きる」「原爆の子」「ひめゆりの塔」などなど。座席のない立ち見客も多くあった。木下恵介監督の「二十四の瞳」や「野菊の如き君なりき」「喜びも悲しみも幾歳月」も多くの観客を動員した。文子にとっては、江原真二郎と中原ひとみが共演した「純愛物語」がいつまでも心に残った。

収支の逆転からもうかなりの日数が過ぎていたが、阿部社長から特別な指示はなかった。大阪への出張回数は増えたが、その表情は硬く、以前のように文子に声を掛けることが少なくなった。

十四

昭和四十二年の早春、文子は合田の訃報を聞いた。だが仕事で葬儀に参列はできなかった。葬儀には阿部社長一人が出席した。一週間後、文子は森ソノから葉書を受け取った。それには近くの公民館を借りて、合田の友人たちによる「お別れの会」を開くという内容が書かれ、日時が指定してあった。

文子は黒のセーターと黒いスラックスで出掛けた。会場には簡素な祭壇と合田の遺影が飾られ、二十人ばかりが集まっていた。その半数は登山仲間らしく山男の服装で出席していた。リーダーと思しき代表が弔辞を読み上げた後、七人の男女が一列に並び、合唱した。曲目は「若者のうた」であった。それはこの年の一月に封切られたばかりの俳優座製作の映画「若者はゆく」のテーマソングであった。

君の行く道は　果てしなく遠い
なのに　なぜ　歯をくいしばり

君は行くのか　そんなにしてまで
君に行く道は　希望へと続く
空にまた　陽が昇るとき
若者はまた　歩きはじめる・・・

文子は歌を聞きながら、初めて合田と顔を合わせた頃のことを思い出していた。涼しげな眼元が印象的であった。あの日からもう十八年が過ぎようとしていた。同時に映画に出演した田中邦衛、山本圭、佐藤オリエなどの顔が頭に浮かんだ。親のないきょうだいたちが、さまざまな問題と突き当たりながら力強く生きていく作品は、今治でも公開され多くの共感を呼んだ。この曲は映画のヒットもあって、文字通り若者の間で長く流行した。

この頃東映では高倉健の「網走番外地」シリーズや、藤純子の「緋牡丹博徒」シリーズが人気を博していたが、十作目くらいになると、さすがに客足は次第に遠のいた。

文子はほとんど観客のいないスクリーンに映写することの空しさを感じ始めていた。

十五

　そして昭和四十六年、映写技師の文子にとって最後の年として迎えた。この年の七月、日活が製作中止を発表し、東映の大川博社長が死去した。東映の黄金時代を築いた彼の死は映画興業業界でもかなりの衝撃らしかった。

　この死去により、阿部社長は映画館の廃業を決めたらしい。従業員を小さな事務所に集めて会議を開いた。従業員たちはすでに覚悟が出来ているらしかった。文子の気持ちも同じだった。

　閉館は今年の十二月二十三日。翌日のクリスマス・イブはこれまでお世話になった方への番組を選んで特別興行する、というものであった。従業員には全員解雇が通告されたが退職金は支払うということであった。


　師走に入り、大映が五十八億円の負債を抱えて倒産したというニュースが新聞とテレビで流されて、多くの人々を驚かした。永田雅一社長のワンマン経営の噂は以前から知れ渡っていたが、市川雷蔵の急死、勝新太郎の独立プロ設立などによるスターの不在が赤字の元凶であった。さらに直営館の売却はタコが自分の足を食べるようなもので、破滅を加速させた。一方で巨費を投じ七〇ミリで「釈迦」など作るから、会社がオシャカになったんじゃ、などと揶揄（やゆ）する今治の映画ファンもいた。

そして、ついに最後の上映日がやってきた。作品は阿部社長が洋画系から特別に買い付けた日本海軍の真珠湾奇襲を描いたアメリカ映画「トラ・トラ・トラ」だった。この作品は、はじめ黒澤明が監督を務める予定であったが、ハリウッドと製作方針の違いから解任され話題になった。

今日は招待客ばかりで、館内は久しぶりに多くの観客で埋まった。街には華やかなジングル・ベルの曲が流れていた。ロビーでは明るい談笑の声が聞こえ、阿部社長の応対する声が意外に大きかった。

文子はカラーワイドの迫力ある戦闘シーンを見ながら、十七歳の時に見た東宝映画「ハワイ・マレー沖海戦」を思い出した。あの日からもう三十年が過ぎようとしていた。

特別ショウは午後三時半に終了した。映写機から最後のフィルムをはずすと、文子はさすがに感無量のものがあった。

「姐さん、フィルムの荷造りは、わしらがやりますけん。姐さんのかたずけものを先にやってください」

若い岡部が言った。

「ありがとと」

文子はそう答えて、最後の缶の巻き戻しを終わると封をした。この映写室で私物といえば長年働いてくれた丸椅子だけである。これは入社間がないころ、近所の小さな家具屋で買ったものだ。上にかぶせた小さな座布団は継ぎ布だらけで、今では見る翳もないけれど、愛着だけは特別に深い。本来なら処分するべきものだが、文子は自宅まで持って帰ることにした。残りの小物といえばロッカーの中のものだけである。

文子はみんなに別れのあいさつをして街に出た。街は賑やかだった。白い髭のサンタクロースが三人ほど声を上げてチラシを配っている。

人々の表情は誰もが明るかった。ショルダーバッグにハーフコートを着た文子が古びた丸椅子を下げた姿が妙にちぐはぐだった。しかし文子は決して恥ずかしいとは思わなかった。むしろ胸を張って持って歩ける椅子だった。

今夜くらい誰かと一緒に食事をしたかったが、相手はいなかった。合田尚吾とは一度だけ夕食を共にしたことがある。珍しく誘ったので、文子は喜んで応じたが、その夜は何も起こらなかった。合田の「お別れの会」でソノは文子にこんなことを伝えた。

「尚吾さんはね、あなたが好きだったようです。ただ自分は離婚歴があるし、年も離れ過ぎているので言い出せなかったって。あなたが宿直の夜はいつも心配で、真夜中に起きて異常がないか映画館の周囲を一度は巡ったらしいですよ。不審に思われて巡査に職務質問されたこともあったって。ごめんなさい。今だから言ってしまいましたけど」

あの日、文子は初めて泣いた。帰宅してからも涙が止まらなかった。しばらくは仕事が手につかず、初歩的なミスをして後輩の若い技師に注意された。


でも今年も残された日はもう六日だけになった。ジングルベルのメロディーが街を華やかに彩る中で、ふと前から歩いてくる三人連れの一人に目が止まった。羽藤陽平だった。もう何年も会っていないけれど陽平に間違いない。向こうも文子に気付いた。

「フミさん？　久しぶりじゃないか」

「ご無沙汰。お元気そうね」

「元気、元気！　どうしたん、イブの日に椅子なんかぶら下げて」

少し酔っているようだった。身体付きが昔と比べて丸味を帯びている。文子はきょうの閉館の事実を口に出せなかった。連れの二人の女性も足を止めた。

「ああ、紹介しておこう。わが妻裕子と、わが娘奈奈」

互いにはじめまして、とあいさつした。

「奈奈はね、この春京大の法学部に入ったんや。将来は弁護士を目指すらしい。女だてらにね」

「また父さんったら、教育者がそんなことを言っていいの？　女の癖にとか、女だてらにとか、そんな言葉を世の中から排除するために、わたしは弁護士になるんですからね」

「はいはい、分かりました。もう言いません」

「ごめんなさい。この人大分酔ってるんです。早く連れて帰らないと」

妻の裕子は気遣って陽平の腕を取った。

「そうそう奈奈、ふーちゃんはね、父さんの初恋の人なんやぞ」

「ええっ？　本当ですか」

奈奈は大きく目を見開いた。

「嘘ですよ。本気にしないで」

文子は笑って手で打ち消した。

「嘘じゃないよ。小学校六年の時やった。忘れはしない」

「ごめんなさい。失礼します」

奈奈が陽平の腕を引っ張ったので、二人の女性に両側から抱えられ強制連行されるような格好になった。陽平は首だけ振り向いて、「本当だよね、ふーちゃん」と言った。

文子はその場に佇んだまま無言で三人の後姿を見送った。これで良かったのだろうか。自分の選択は間違っていなかったのだろうか。あの裕子の場所に自分が今立っていたかも知れないのに。

その邪念を文子はすぐに振り払った。これまで何度映画のフィルム缶を開け、何度閉じたことだろう。その一巻一巻に、その一コマ一コマに自分の人生が染み込んでいる。手に残ったブリキ缶とフィルムの感触は、生涯忘れることはない。そして数え切れないほど多くの登場人物と出会った。人間の「喜怒哀楽」を心の奥で受け止めてきた二十二年間であった。自分の人生はこれで良かったのだと思った。

映画のラストシーンのように三人の後姿の影がだんだん小さくなって、見えなくなるまで、文子はその場所を動こうとしなかった。

＊参考資料　「年表　映画一〇〇年史」谷川義雄編　風濤社

●昭和30年代の今治の映画館（12館）

館名	場所	建築概要	座席数	上映会社
今治東映	京町	鉄筋2階	一二〇〇	東映
今治日活共楽館	京町	鉄筋2階	一〇〇〇	日活
今治中央劇場	京町	鉄筋2階	一〇〇〇	東宝
今治京町東映	京町	木造1階	八〇〇	東映
第一劇場	京町	木造1階	三五〇	東映・松竹・大映
スカラ座	広小路	木造2階	三八〇	洋画専門
今治松竹	広小路	木造2階	七〇〇	松竹
今治大劇	柳町	木造2階	一〇〇〇	大映・新東宝
今治松映館	弥生通	木造1階	五〇〇	邦画一般
銀星映画劇場	金星町	木造2階	二五〇	洋画専門
波止浜東映劇場	波止浜	木造2階	五〇〇	邦画一般
桜井劇場	桜井	木造1階	五〇〇	邦画一般

＊ 館名は後に変更したものがあります。
＊ 住所名は当時のものです。
＊「港町純情シネマ」はフィクションであり実在の映画館とは無関係です。

あとがき

小説を書くということは、「それぞれの時代を生きた人間の意識と行動を、活字の世界へ閉じ込めること」だという風に認識している。

それが純文学であろうとなかろうと基本的には同じである。ただ私にその能力があるかどうかは、また別問題である。

私の住む今治は、昭和二十年四月二六日に初空襲を受けた。このとき電話交換手十人が公務中に爆死した。十六歳から二十歳までの若い女性ばかりだった。この痛ましい事件を下敷きにして**『電話交換室』**を書いた。ただ物語そのものはフィクションなので今治の地名は使えず「T市」とした。

『苦い絵』は新居浜の同人誌「あかがね」に頼まれて三日で書き上げた。松山の画廊主が美術詐欺事件に遭い、蟻地獄のような苦境に追い込まれてゆく過程を書きたかった。

阪神淡路大震災から二十四年が経つ。私は神戸で育ったので他人事とは思えず、一週間目に大阪南港経由で神戸に入った。惨状は予想以上だった。友人の家屋は全壊し母校の西灘小学校に一家で避難していた。だが私は何の援助もできず今治に戻った。そのときの心の傷が棘のように今でも残っている。**『内海漂流』**はそんな傷を癒すため当時の船長の取材を得て書いた。

ギリシャ悲劇でもっとも有名なのは、やはり「オイディプス王」であろう。知らずして母を犯し父を殺したオイディプスはその事実を知り、あまりの罪の深さにおののき、自ら両眼を潰し流浪の旅に出る。私はこの戯曲のプロット、すなわち「自分の人生に謎があって、それを追究してゆくと、とんでもない結果と対面する」という設定を借りて**『落ちた偶像』**を書いた。ミステリーの要素も加味したが成功しているかどうかは自信がない。

『紅島心中』は当初「遊女菊千代覚書」の題名で発表したものを大巾に加筆して改題した作品である。かつて江戸時代の瀬戸内海の港町には、必ずと言ってよいほど船乗りを相手とする遊郭が存在していた。その代表例として挙げられていた広島県の大崎下島の御手洗が舞台の、貧しさゆえに親に売られたお菊と修行僧の物語である。私には珍しく自然描写を多く取り入れてみたが、何度も中断し、正に蹌踉（そうろう）の歩みの中で生まれた一作である。

表題作の**『港町純情シネマ』**は今治が舞台である。愛媛県下で女性映写技師第一号であった羽藤キヨミさんに取材を申し込み、フィクションを加え、戦後まもなくの今治映画館の興業形態なども折り込んで一〇〇枚の作品に仕上げた。映画は主演俳優や監督ばかりにスポットライトが当たり、それ以外の関係者の存在は軽く見られている。まして映写技師などは全く観客の眼中にない。ちなみに最新のシネコンでは映像がデジタル配信され、２台の映写機でフィルムをかけ替えた映写技師の名人芸は昔話になってしまった。

この作品は仕事に誇りを失うことなく生涯独身で通し、八十五歳で亡くなられた羽藤さんへのオマージュである。

終わりに、私の拙(つたな)い小説集を出版していただいた創風社出版の大早友章・直美ご夫妻に心より感謝を申し上げます。

吉村信男

二〇一九年　晩春の日に

初出一覧

電話交換室	海時計１号	2005
苦い絵	あかがね２７号	1997
内海漂流	どんどび創刊号	1998
落ちた偶像	アミーゴ５８号	2007
紅島心中	アミーゴ７２号	2014
港町純情シネマ	単行本（私家版）	2011

感謝の辞

阿部　克行　（呑吐樋文芸会会長）
図子　英雄　（「原点」主宰）
菊池　佐紀　（「アミーゴ」主宰）
長井　義隆　（元今治地方文化交流会代表）
藤堂　和也　（元「ほわいとさんぽう２」船長）
村上さつ子　（元ＮＴＴ社員）
羽藤キヨミ　（元映写技師）
（敬称略）

藤堂和也氏

村上さつ子さん

羽藤キヨミさん

吉村信男

1944年　釜山生まれ
旧愛媛県越智郡吉海町幸（大島）出身
立命館大学文学部哲学科卒業
愛媛県今治市在住
今治市民演劇　脚本執筆
今治城築城・開町400年祭記念事業
『藤堂高虎物語　青雲の城』2部18場
(2004年10月公演)
著書　作品集『還らざる翼』(私家版)
写真集『わが心の渡海船』(私家版)

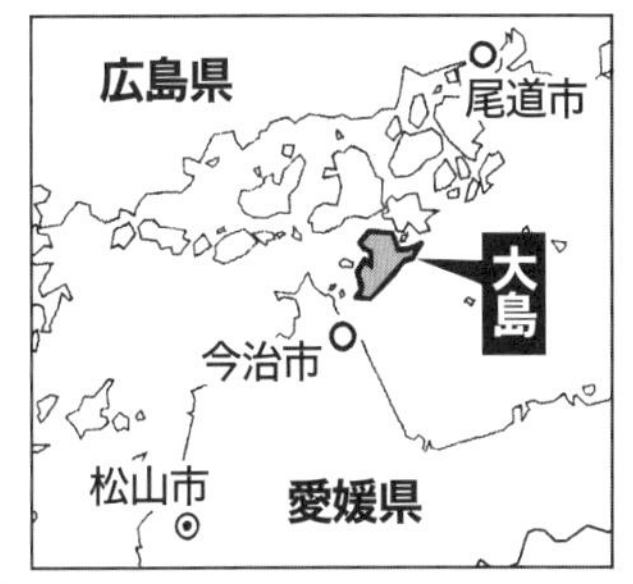

港町純情シネマ

2019年5月1日発行　定価＊本体1500円＋税
著　者　吉村　信男
発行者　大早　友章
発行所　創風社出版
〒791-8068 愛媛県松山市みどりヶ丘9－8
TEL.089-953-3153 FAX.089-953-3103
郵便振替 01630-7-14660 http://www.soufusha.jp/
印刷　㈱松栄印刷所　製本　㈱永木製本

 ISBN 978-4-86037-274-3